小説

ルーツ

東 洵
Azuma Makoto

郁朋社

小説　ルーツ／目次

装丁／宮田麻希

裁判

一　事故

兵庫県の南部にはＪＲ山陽本線の南方に並行して私鉄の山陽電車が神戸と姫路の間を走っている。神戸より東の方へは同じく私鉄の阪神電車が大阪の梅田駅まで走っている。

その梅田と姫路の間は双方の私鉄が相互乗り入れをしている。今その梅田駅を出た姫路行の山陽電車の特急が神戸、明石を過ぎ東二見《ひがしふたみ》という特急停車駅で停まる。ここからいくつかの小さな駅を通り過ぎ次の特急停車駅の高砂《たかさご》駅を目指す。尾上《おのえ》の松《まつ》という小さな駅の先の踏切を過ぎるとしばらく踏切はない。

その先からは加古川《かこがわ》という大きな川の堤防を越えるため上り坂になっており道路を跨ぐようにして高架になっている。ここで電車は加速し加古川の鉄橋に入る。

この付近の加古川は瀬戸内の播磨灘に注ぐ手前で川幅は広い。中州もあるので鉄橋の長さはその倍くらいの五百メートルほどもある。鉄橋に入ってからは加速を止めて惰性で滑走する。

橋を渡り終えると少し下り坂で四百メートルほど先には高砂駅がある。駅の手前に踏切がありブレーキはかけないが電車は自然減速ですこし速度を落として進入する。その百メートル先は高砂駅のプラットホームである。ふつうはホームの直前でブレーキをかけ始める。

このときである。遮断機を潜って一人の女性が踏切の中に入りしゃがみこんだ。

「あーっ」

運転士は警笛を鳴らし慌てて急ブレーキをかけた。しかし間に合わなかった。踏切を五十メートルほど通り過ぎている。

轢いてしまった。

先頭車両はホームの先端まであと一車両分届いていない。運転手は自分がその女性の上を通り過ぎたように感じた。

運転手は特急電車を運転してまだ半年もたっていない。社内で訓練を受け資格試験にも合格して普通電車で一年の運転経験を積んだあとようやくあこがれの特急の運転手になることができた。山陽電車では珍しく女性運転手であった。

もちろんこういう場合の訓練は受けている。すぐさま運転席にある電話で車掌に連絡をしなければならないが運転士はパニックに陥っていた。無理もない。

逆に車掌から「どうした？」と連絡してきた。膝はガクガクしている。自分の身体でないように感じた。

「あっ、あのう。轢いてしまいました。飛び込みです」ここまで言うのがやっとだった。

「すぐマスコン（マスターコントローラー）を切れ。指令所に連絡しろ」車掌はベテランだった。

昼間で乗客は多くはなかったがすぐに車掌は車内放送で言った。

「只今踏切事故が発生した模様です。ご不便をおかけしますがしばらくそのままでお待ちください。詳しいことが分かり次第順次放送します」

駅へは運転席から直接電話はできない。

列車より指令所に連絡し指令所より駅へ通報するようになっている。

運転手が取り乱しているので車掌からすぐに指令所に電話をする。この電車は下りだが二次災害を避けるためにも直ちに上り電車も停めなければならない。また救急車と警察にも来てもらわないといけない。

電車は踏切を跨いで停まっているので安全な場所へ移動させて乗客も降ろさなければならない。高砂駅は特急停車駅とはいえ昼の間の駅員は二人しかいない。てんやわんやとなった。

駅の百メートルほど北には消防署の高砂分署がある。救急車が駅の南側に行くには電車が居座っているのでこの踏切は通れず駅から少し離れた西の方の踏切を渡って南側に入りようやく下り側の電車の方に来ることができた。


轢かれた女性は二両目の車両の下になっている。

女性の右足は切断され線路の外に飛び出していた。それ以外は大きな損傷はなかったように見えるが動いていない。既に死んでいるようだった。

しかし確認はしなければならない。この時には警察も来ており警察と救急隊で死体を引きずり出すことにした。

死体には慣れているとはいえ救急隊も電車の下に入るのは怖かった。車輪止めをつけて電車が完全に停まったことを確認してようやく二人が下にもぐり死体を引きずり出した。踏切には数人の人がいたので一連の状況を見守っている。

駅の一キロメートルほど北には市民病院がある。救急車はそこへ遺体を運んだ。

既に死んでいるのは分かっているが医師による死亡診断書が必要であるし、一応死因の確認もしなければならない。


死因は頭部の強打によるショック死と診断された。首の骨も折れていた。念のため胃の中も調べたがほとんど何も無く朝食が既に消化されたか何も食べていなかったと推察された。

警察による検死が同時に進められ死体検案書の作成が始まる。

半時間ほど経って電車はゆっくりと動き高砂駅で乗客を全部降ろした。上りの電車も駅で停車したままとなっている。現場では枕木付近の清掃も終わった。

レールの内側にはわずかに肉片がこびりついていた。

長い車の行列ができていた踏切はようやく通れるようになった。だがこれで終わりではない。警察の現場検証と運転手からの事情聴取がある。自殺か事故かを見極めなければならない。

運転手は一キロほど北にある高砂警察署に連れて行かれ事故の様子を訊かれる。周りを五人の刑事に囲まれ思い出したくもないことを何度も追及される。

若い方の刑事が訊く。

「いつもどの辺で減速してブレーキをかけるのか」

「踏切を過ぎてからです」

「マニュアルはあるのか」

「はい」

「前を見ていなかったのか」

その言い方がかなりきつかった。まるで殺人犯を追及するようだった。運転手は被疑者ではない。むしろ被害者だ。

五十代後半の刑事がたしなめた。

「もうちょっと優しく言わなあかんがな」

警部補で刑事課の係長の和田という男であった。

「すいません」

言われた刑事は素直に返事をした。

「遮断機をくぐって入ってきたんです」と運転手は言った。

運転手は轢かれた女性が一瞬自分を見ていたような気がしてきた。それを思い出した。

しゃがんでいた筈だが上目で見ていたようなそんな感じがしてブルブルと震えだした。

可哀そうに失禁してしまった。

警部補は「あかん。限界や」と言って女性の刑事を呼びつけて別の部屋に連れて行かせた。おそらく一生トラウマになって残るだろう。

現場に居た警察官は踏切近辺に居た人からも事情を訊いた。

自殺であることはほぼ間違いない。

病院に連絡して遺体の状況を訊いた。鉄道事故では遺体は肉の塊になって身体がバラバラになることが多いが今回は右足の切断と頭部の損傷以外それほど大きな損傷は受けていない。但し首の骨は折れている。低速で轢かれたからではないかということである。

しかし顔面はかなりというかほぼ潰《つぶ》れていた。医師もある程度は修復するが本来の仕事とは考えていないので適当にしかしてくれない。

こういうときは葬儀屋が丁寧にやるのでここに頼む。凹んだ部分にシリコンや綿を注入し皮膚を縫い合わせる。遺族が現れたときに潰れた顔を見せられないからである。また身元を確認するときにもまともな顔が必要である。ただしばらくすると死体からは血が滲み出してくるので長時間そのままでの保存は難しい。ドライアイスを入れておいても血は出てくる。ビニールを敷いた棺桶に入れる。

「どうしましょうか」

この後の処置を聞いている。検死官は、

「念のため顔写真は修正しておきましょう」

写真を撮ったあと修正写真を作ることにし直ちに県警本部に依頼する。そこに顔写真を送信しここで修正する。ここまではやる必要もないのだが先述のように身元の確認にはやっておいた方がよい。

事故直後は片目がとびだしていたが専門部隊がその写真を修正していた。

昔はこういうことを手作業でする職人気質の警察官もいたが今は全部コンピューターで処理する。傷のない目を開けた写真を作っていた。証拠写真としてはカラーで残すが遺族に見せる場合は普通は白黒である。


女性は四十から五十前後と推察される。中肉中背で和服を着ていた。しかしそれほど上物ではない。普段着のようである。所持品も小銭入れだけであったので近所の人ではないかと考えられた。

プレスリリースしたので夕方の新聞やテレビに出るし身元はすぐに分かると予想された。

しかし翌日になってもなんの情報も入ってこない。家族はいないのかそれとも他の地域から来た人間なのか。しかし早く事故の報告書を作らなければならない。

この管内や近隣の警察署での家出人や行方不明者も探したがその届け出もない。

二日経ってようやく警察に連絡が入った。やはり地元の人間であった。

電車に飛び込んだのは駅の南にある商店街の近くの居酒屋の女将ではないかというのである。

その商店街は近くにできた大型のスーパーの影響で今は寂れている。しかしその近くのスナックや飲み屋はまだ細々とやっている。

近所のスナックのママが派出所に連絡してきた。居酒屋「磯魚徳一《いそざかなとくいち》」の女将ではないかというものであった。二、三日前から店の前に「しばらく休みます」との張り紙がしてあったので、もしかしてと思って届けてくれた。

届け出てくれたのは近くのスナック「田舎」の紀美子という五十がらみの女である。しかしこの近くに住んでいるのではなく明石の方から電車で通っているという。

それほど親密な付き合いがあるわけではないが「徳一」で食事をした客をときどきスナックへ紹介してくれていたりしたのでなんどか話をしたことがあるという程度だった。

スナックへは時々警察の人間も来ていたので紀美子は警察に対するアレルギーはそれほどあるわけではない。しかしこの高砂署管内の者は来ない。

警察では会社（警察では自分たちのことをこう呼んでいる）の近くで飲むなと言われているらしい。

唯一の手がかりである。派出所の警察官はこの商店街のことをよく知っている。

本署に連絡して指示を仰いだ。すぐに来てもらえということである。警察官は精一杯丁寧に対応した。

「遺体を確認していただけますか」

「いやそんなん怖いわ」と尻込みをした。

ここで逃げられたら上司に叱られる。何を言われるか分からない。

「いえ。写真ですので大丈夫ですよ。怖くはありません。お願いしますよ」

渋る彼女をなんとか説得してパトカーに乗せて本署に向かった。

このパトカーはミニパトカーと言って小型である。普通のパトカーはこれよりひとまわり大きく必ず二人で乗るがこれは連絡用に使うもので普段は一人で使う。

本署では三人の刑事が玄関まで出迎えに出てきた。まさか取調室に通すわけにはいかない。

「応接室がありませんのですいません。こんなところで」と言いながら小さな会議室に通した。

何人かの人間が出てきた。上司らしき人が挨拶した。

差しだされた名刺には刑事課長警部福田栄輔とあった。年の頃は四十代なかばのようである。

髪は短く刈り上げていてでっぷり太っていたし黒ぶちの眼鏡の奥の目は鋭かった。一見するとやくざの親分のような感じである。

紀美子は警戒したが案に相違して警部は「いやーわざわざ有難うございます。助かります」と如才がなかった。

派出所の警察官がおおよその話をし終えると警部は商店街の話を始めた。

「若い時はあの付近によく行きましたよ。姫路の飾磨《しかま》署に居たころは高砂神社の傍の官舎に住んでいましてね」と当たり障りのない話をしだした。

紀美子は警部がこちらを落ち着かせるため言っているのだと分かってはいたが何だか彼が証券会社の営業マンでも務まるのではないかとすら感じたくらいである。

しばらく四方山《よもやま》話をして紀美子が落ち着いたのを見極めると「申し訳ありませんが写真を見ていただけるでしょうか。いえ、修正していますから怖くはありません」と言いながら三枚の白黒写真を出した。

刑事たちは彼女の顔をみつめた。

紀美子はしばらく見た後言った。

「徳一の和子さんだと思います」

「間違いありませんか。もう一度よく見てください」と優しく促す。

「はい」

もう一度見た後、紀美子はウッと言って口を押えた。気分が悪くなったらしい。

刑事たちは顔を見合わせた。きれいに修正されたとはいえ死体と分かっている写真である。この反応で普通である。

ソファーに横になってもらい落ち着かせたあとまた彼女の話を聞いた。

紀美子が知っている話を全部聞き終えると警部は「大変有難うございました。随分と参考になりました。またお聞きすることもあるかと思いますがその節は是非御協力願います」と言い、ほかの刑事たちも頭を下げた。

紀美子を送ったあと警部はいつもの厳しい顔に戻った。

警察官や刑事が商店街に出かけ聞き込みを進めた。

二　前歴

紀美子の話では自殺した女は大神和子《おおかみかずこ》四十六歳で、居酒屋「磯魚徳一」の女将で一人暮らしであるという。

紀美子の言葉だけでは頼りない。

それを確認するため商店街に向かう者と戸籍の確認のため市役所に向かう者とに分かれた。

商店街では昼のあいだ店を開けているのは今では三軒しかなかった。

そのうちの一つの和菓子屋は昔からの店でそこの主人はこの付近のことをよく知っている。この主人は、

「二人の出会いの経緯は知りませんが二十年ほど前に結婚したらしく正一という男の子がいましたね。亭主は明石で板前の修業をした後しばらくしてこの店を開いたと聞きました」

店は商店街の近くで二軒続きの長屋のひとつである。

一階が店で一家は二階に住んでいた。隣は空き家になっている。

亭主は十年ほど前にガンで亡くなっており和子は一人で女将をしながら息子を育ててきた。その息子は家のすぐそばで通り魔に殺されている。

ここまで聞いて和田刑事はその事件を思い出した。

福田課長は二年前に転勤してきたためその当時のことをよく知らないが和田はこの署に十年以上も務めている。この事件をよく覚えていた。この付近では滅多にない凶悪事件だったからである。和田は当時、他の課に勤務していたが高砂署では署をあげてこの事件に取り組んでいたのでよく覚えている。ほかの刑事も覚えていた。

「夫婦二人とも兵庫県の北にある豊岡市の出身ですね」市役所の方に行っていた刑事からの情報である。

県内であるので二人の刑事が豊岡まで出向きくわしく調べる。これらのことから次のことが分かった。

亭主は和子より一つ年上で正徳《まさのり》と言った。

姓は大神《おおかみ》で上には兄の武雄と姉の政子がいる。豊岡と言っても豊岡の中心部から三キロほど南の方の加陽《かや》というところの農家の出身である。この辺は北に流れる出石《いずし》川と円山《まるやま》川が合流するところで土地は低く周りには水田が多い。兄の武雄はいまも農業を続けているという。

和子は同じ豊岡と言っても中心部に近い下陰《しもかげ》と言うところの出身で豊岡の高校を卒業後この高砂にある製紙会社に入った。二人は同郷ということで知り合ったのかもしれない。

正徳が亡くなった時、一人息子の正一はまだ八歳であった。以後は和子が一人で店を切り盛りし息子を育てている。正一は進学をあきらめて中学を出たあと近くの調理師学校に一年間通いながら母親の仕事を手伝ってきている。

自転車で二キロほど西の伊保《いほ》港まで行き店の材料の魚を買い込んでくる。十八になった時にようやく運転免許を手に入れてバイクで通い出した。川を越えて東の加古川市の卸売市場まで出かけることもあった。孝行息子で和子の生き甲斐でもあった。

ある日店を閉めて洗いものにかかっている時に正一は散歩に行くと言ってフラリと表に出ていった。いつもは路地の中にある地蔵尊のベンチで缶コーヒーを飲んでいる。

いつもなら十五分ほどで戻ってくるのだがこの日は一時間近くなっても帰ってこなかった。これが最後だった。二〇〇六年十月の二十四日だった。


通り魔に刺されたのである。救急車の音がしていたのは知っていたがまさか息子が被害に遭っているとは思っていない。

背中を二、三か所刺されて病院に運ばれたときにはもう意識はなかった。持っていた免許証から身元が分かりすぐに和子に連絡があった。

犯人は山田透と言い十七歳のこの近くの不良少年だった。大柄でいかつい顔は十分大人で通用する。中学時代から窃盗や婦女暴行および強姦で何度か検挙されている。そのほかにも小さな事件は何度もあった。

いずれの事案でも少年ということで実刑は科されていない。したがって前科はついていないが警察には前歴として記録されている。

前歴があったのですぐに分かった。三日も経たずに逮捕された。本人も凶行を認めていた。誰でもよい。人を刺したかったというのが動機である。凶器はサバイバルナイフでこれもすぐに見つかった。したがってここまでの捜査は問題なかったと言える。


「身元は分かったがあとは自殺の原因だ」

一人暮らしで将来に希望もなく悲観して死を選んだのではないかと思われる。

店は常連の客がほとんどで小さいながらも細々とやっている。

高砂駅の次の荒井駅の近くには昔の陸軍工廠《こうしょう》の跡地に大きな製鐵工場や建設機械の製造工場があり某重工工場もある。そこの従業員がやって来るのでそれなりに固定客はいた。

したがって経営不振ということでもなかったようである。

自殺であることはほぼ間違いないので自殺の動機まで必ずしも調べる必要はないが、和田刑事は何となく気になった。福田課長も同じだった。

少しでも疑問が残ればば究明しておかなければならない。大事件に繋がれば後でおおごとになる。

「事件は五年前でしょう。今頃になって死ぬ気になりますかね」

「じわじわと思いつめるようになったのかもしれないよ。近くに身内もなく一人暮らしだからね。しかしなんとなく気になるね。事件性はないとは思うがもうちょっと調べるか」

複雑な事案ではないので捜査本部を置いたり大勢の刑事を動員するほどではない。

「和田さん。すまんがこの件は俺とあんただけで調べたい」
福田課長は事件調書をもう一度見ることにした。

和子の葬儀は十一月の三日に高砂市内で行われた。和子の実家の川野家ではなく亭主の正徳の実家の大神家が取り仕切っている。親戚が六人ほど参列した家族葬のようなものである。しかし家族は誰もいない。皆死んでいるからである。

墓は正徳が死んだ時に作ってあった。ここより北に高御位山《たかみくらやま》と言う高さ三百メートルほどの岩山があるがその麓の公園墓地にある。

和子の親戚はこの高砂の近くにはいない。

和田は豊岡まで行きもう少し訊いてみることにした。この時もミニパトカーを使う。

和子の親戚の家には数日前に豊岡署と高砂署の刑事が来ていたがその時は和子の自殺の動機まで詳しくは訊いていない。もう一度豊岡署にも協力してもらった。

親戚との間でよくある財産分けによるイザコザなどはなかったか。しかし和子がやっていた店以外には財産らしきものはない。それとも自身の老齢を意識して思いつめての自殺か。

和子の葬式だけでなく高砂の家の後始末も含めてすべて大神家の政子がやったそうである。また大神家も川野家の人も男はみんな無口で話をしてくれそうなのは大神家の政子だけであった。

そこで和田はこの政子に近づいた。

政子はここより南の方の出石町（今は豊岡市になっている）で市役所に勤めている夫とその母親の三人で住んでいる。子供はいない。それもあってか親戚中でなにかあればおせっかいを焼いているようである。

また子供好きで正一が小さいときはもちろん小学生の頃は夏休みになると自分の家で預かり面倒を見たりして和子の家とは仲がよかったようである。

時には政子が高砂に行き和子の家で泊まりもしている。正一もこの伯母になついていたそうである。

これらのことは親戚から聞いた。

正徳の兄の武雄は加陽で今も農業を営んでいることは既に述べた。

川野家の方は長男、次男ともにサラリーマンで他府県に住んでいる。

その結果、大神正徳と和子の親戚のそれぞれの関係は次のとおりである。

大神家
○長女　政子　無職　子供はなし
（亭主は林　敦夫）
○長男　武雄　農業　子供二人
○次男　正徳　死亡
長男　正一　死亡

（妻　和子　死亡）

川野家
○長男　英男　大阪在　子供二人
○次男　英敏　大阪在　子供三人
○長女　和子　大神家に嫁ぎ死亡

政子はこの件でかなり落ち込んでおり警察が何度も来るのにいい加減にしてくれという顔をしていた。

和田が訪ねていくと「警察は悪い奴を罰するのが仕事でしょう。それなのに被害者側ばかり問い詰めてどうしてですか」といきなり警察に対して強い調子で憤懣をぶつけてきた。

「お嘆きはごもっともですが今回はですね和子さんの自殺の動機を調べています」

田舎風の建物の玄関の上り框《かまち》の前で座りもせず言った。

「警察はそれでどうするんですか。聞くだけ聞いてなにをしてくれるんですか。もうあの子は戻ってきませんよ。あの一家は消えたんですよ。何の罪もないのに」

「和子さんの自殺に犯罪の陰がないかどうかを知りたいんです。もしあれば放っておけませんので」

「あいつですよ。あいつが現れてようやく心のキズが癒えかけたのにまた蒸し返されたんですよ」

あいつと言うのは犯人の山田透を指しているのは分かっていたがあえて確認のため訊いた。

「山田透のことですか」

「決まってるじゃないですか」

和田は政子がその辺の事情を知っていると思い、

「何かそのように思われることはありましたか」と訊いた。

「お礼参りですよ」

これは放っておけない。立派な脅迫行為である。威迫《いはく》罪に当たる。

「和子さんがそう言われたんですか」

立証できる事実はあるか。和田は勢い込んだ。

「実際に脅迫したかどうかは分かりませんがあの子が電話してきましてね」

「どのようにですか」

「道でばったり出会ったときに顔を見てニヤリと笑ったと言ってました」

「何か口をきいたとか暴力を振るったとかは」

「さあそれは言っていませんでしたが」

「そうでしたか」

和田はそれだけではダメだと思い少し拍子抜けがした。明確な脅しの言葉なり行為がなければお礼参りには当たらない。電話ででもあれば通信記録を辿ることもできるが道端での話であれば第三者が聴いてなければ証拠にはならない。裁判に持ち込んでも勝てない。

「でも事件のことを思い出し怖かったとは言ってました」

「脅迫はされていなかったんですね」

「警察には何も言っていなかったからそうかもしれませんがきっとしてますよ」

和田がアテが外れたという顔をしてるのを見て政子は慌てて言った。

「そやけど和子ちゃんは正一の死体を想いだして震えが止まらなかったと言ってました。……正一は死んだ。いや殺された。将来あの子は店を継ぎ結婚もできたんですよ。和子ちゃんのたった一つの夢が消えたんですよ。……私の夢でもあったんですよ。しかしアイツは生きている。……悔しいですよ。刑事さんこの遺族の悔しさや苦しみが分かりますか。できることなら私が仇をとってやりたい」

たてつづけにしゃべったあと政子は激してきたのか鼻水をすすりながら言った。

和田はここまで言われて何も答えられなかった。もっといろいろと訊きたかったが今日はこれまでだ。政子は被疑者ではない。これ以上質問して感情を昂らせるのは遺族を追い詰めるだけだ。

一呼吸おいてから言った。

「今日は別の用事がありますのでこれで失礼します。また明日にでもお伺いしたいのですがよろしいでしょうか」

「刑事さん。あいつを罰することはできないんですか。正一だけではなく和子ちゃんの命も奪ったのですよ」

「御気持ちは分かります。しかし残念ながらはっきりした証拠がない限り罰することはできません。

……お分かりください」

政子はもっと言いたいことがありそうだったが和田は政子がもう少し冷静になるのを待つべきだと考えた。しかし政子は、

「刑事さん。和子ちゃんが自殺した日はいつか分かっていますか」

「ええもちろんです。十月二十四日ですが」

「それだけですか」

和田は何のことか分からず黙っていた。


「正一が殺された日ですよ」

和田は表情には出さなかったつもりだったが心の中で「あっ」と叫んだ。

そうか。『このマヌケめ。何年刑事をやっているんだ』和田は心の中で自分の迂闊《うかつ》さを罵っていた。

政子は和田の表情を見逃さなかった。

「和子ちゃんは思いつめた挙句、正一のところに行こうとしたんですよ」

政子はまたハンカチで涙を拭いた。そこには身内を亡くした悔しさが出ていた。無理もない。まだ葬儀が終わって三日ほどしかたっていない。

和田は豊岡署に戻り豊岡署で手伝ってくれた若い刑事に政子との話を伝えるとともに上司の福田に電話をした。

「和田さん。私も事件の記録を見てその日時を知りましたよ。正一さんの命日に自殺したというのは如何に彼女が苦しんでいたかだと思いますね。確かに政子さんの言うとおり明白な脅迫や暴力はなかったかもしれない。

いやあったとしても証拠がない。道で会っただけでは通話記録を調べるわけにもいかないしね」

「犯人に会って昔のことを想いだし悲しみと恐怖で悩んで自殺したとしか考えられないですね」

「うーん」福田も同意するしかなかった。

結局、自殺の動機は折角治りかけた心のキズが抉《えぐ》り出されて苦しんだ挙句のことだったとされた。


翌日、和田は政子を再び訪ねて警察としては一応の結論に達したということを報告し了解を求めた。政子はわざわざそれだけを言いにきたのかというような顔をしていた。最初は怪訝な顔をしていたがそんな警察に対し少しはこちら側の誠意を理解してくれたらしく昨日ほどのつっけんどんな態度は示さなかった。

その報告は玄関先で済ませたかったたが朝の十時過ぎであったこともあり政子は昨日の続きをまだ話したいらしく奥の部屋に通した。

お茶も出してきた。

三　遺族の憤懣

政子の不満と言うか悔しさは警察や検察あるいは裁判の制度に対するものが多かった。その大半は無知や誤解によるものだが、しかし普通の人なら大抵はそうであろうというものでもある。

「警察は犯人を捕まえたら後は知らん顔なんですね」

昨日と同じことを言った。

「いえそんなことはありませんが」

政子が言いたいのは犯人逮捕の連絡だけは受けたがあとは二か月近く何の連絡もなかったということである。

警察は犯人の身柄を拘束するとあとは検察に送るだけでその後のいきさつは多くの場合は詳しくは知らない。警察としてはやれやれと言うことしか考えていない。

警察は犯人を逮捕するのが最大の使命と思っているので遺族に対してはそれほど深く考えていない。

ただ検察からは検察庁から裁判所に書類を送ったとかの連絡だけは来る。

そのほかに検察でももう一度証拠調べをすることもあるので警察と合同で行動することも多い。そのような場合は被害者への連絡もするが義務ではない。

一般の刑事事件であれば起訴して裁判に持ち込むか不起訴あるいは書類送検にするかであるが今回の場合は殺人事件であるものの犯人が少年であることから家庭裁判所に送ることになったという。ただその後家裁ではなく地裁で裁判があった。その経緯は知らなかったという。

政子は神戸地裁の姫路支所での第一回の公判のことを話しだす。四年前のことになる。

「和子ちゃんだけでは不安なので私がついて行きました。大きな建物のたしか二階だったと思います。真ん中の一段高くなった奥に裁判長と両側に四人の裁判員がいました。その下に書記の人がいてその前の両側に検察の人が二人反対側に弁護人が二人です。その後弁護士の席の横からアイツが入ってきたんです。腰に紐をつけられ二人の職員に付き添われてです」

和田は窃盗事件で二度ほど法廷に出かけたことはあるので大体は分かる。

その時は自分が逮捕した犯人だったので傍聴席で見ていた。

裁判長は被疑者の氏名、住所、職業などの確認を行った後、検察の起訴状朗読や冒頭陳述が始まる。

ここまではどの裁判もほぼ同じである。

被疑者は多くの場合手錠をかけられ腰ひもをつけて二人の廷吏に付き添われて入ってくる。

「アイツは法廷に入るときチラッと傍聴席の方を確認するような仕草でした。ふてぶてしかったですよ。アイツが証言台に立って裁判長が本人確認をするときはマイクは有りましたが聞こえないような小さな声で返事をしていました。しおらしくするようにきっと弁護士に言われていたんでしょう。検察の起訴状朗読が始まるとアイツは証言台の後ろの椅子に座りました。この時も天井を見たりうつむいたりといかにもうるさいと言わんばかりでした」

検察の起訴状朗読ではこれまでの犯罪歴を長々と述べたらしい。

検察としては被疑者が如何にワルかということを裁判官に印象付けたかったのかもしれない。

「和子ちゃんはこのときたまらず『人殺し！』と叫んだんです。裁判長はすぐ下にいる書記官に何事か確認した後『遺族の人はもっと後ろにさがりなさい。被疑者のすぐ後ろに居てはいけません』と傍聴席の一番後ろに行かされました」

廷吏がやって来て席を移された。

再び検察の朗読が続く。被疑者の過去の犯罪歴から今回の殺人の段にさしかかった時再び和子は『正一を返せ！』と声を出した。

裁判長は『直ちに法廷から出なさい』と言いました。私と和子ちゃんは待合室で泣きましたよ」

「それはしかたがありませんよ」と和田は言う。法廷での秩序維持はある程度は必要であると思うので裁判長はそのように言ったと思うが遺族はそうは受け取らない。

「相手は殺人犯ですよ。しかも殺意を持って関係ない人間を殺したんですよ。はずみで殺したんではありませんよ。そんなヤツを大勢の人間を使って手間ひまかけて裁判だなんて。あんな建物は爆弾で吹き飛ばすか火をつけてやりたいぐらいですよ」

「まあそれは」

しかし和田はそれ以上は言わなかった。言っても政子の感情に火をつけるだけだ。

「それになんですか。あの弁護士というのはなんであんな悪いヤツを弁護しなければならないんですか。カネをかけて」

「それが裁判制度なんです。法律で決まっているんですよ」

和田は出された茶しかも冷えたものをチビチビ舐めるようにして飲みながら言った。


たしかに政子の言うのにも一理ある。和田も昔詐欺罪での裁判に出たことがあるが犯人は再犯だったにもかかわらず一年の懲役で済んでいる。その詐欺にかかった人は家庭崩壊の目に遭っているのに。この時和田は裁判所の感覚は何か少し世間とズレているなと感じていた。

裁判官は純粋の法律論で裁いているのかもしれないが一般市民の感覚では納得がいかないかあるいは理解できないことが多い。

その矛盾を解決するひとつの策として裁判員制度が生まれたのだと和田は思っている。

しかしこれも期待通りうまく機能しているのだろうか。

和田はもう少し話を聞きたい気持ちもあったが埒も無い話を聞いてもしかたがないと思う気持ちも

あった。

既に昼前になる頃だが腕時計に視線を移すのさえ何だか気が咎めた。

もう聞きたくないという態度にとられるのもイヤだった。

しかし政子はまだ言う。

「早口なんですよ。検察官はメモを見ながら小さな声で早口で言うんです。傍聴席の後ろでは聞えませんでした」

同じ書類を弁護士と裁判長は見ているからこんなものは形式的なものかもしれない。それは分かる。


ついに和田は腕時計を見て言った。

「まあ今日は和子さんの自殺の動機について警察としての見解をお知らせに来ただけですのでこれで失礼させていただきたいと思います」

これ以上政子の憤懣に付きあっていたらいつまでたっても終わらない。

「私はこれから高砂署の方に戻らなければなりません。御不満があれば高砂署に来られた時に伺います。いつでもかまいません。私を呼びだしてください。また裁判の成り行きについても調べておきますのでその時に改めてお伺いしたいと思います」

ようやく昼前になって解放された。


和田は署に戻り福田に報告してから福田と共に事件の記録をもう一度読み直した。当時は担当でも無かったのでこれまで通しで読んだことはなかった。だが警察の調書には捜査の記録は詳しく書いているが裁判の内容についてはいつ公判が行われたかどのような判決であったかとかごく簡単にしか書いてない。

裁判の記録は裁判所に行けば見ることはできる。しかし検察と弁護側との詳細なやり取りについては書かれていないそうだ。ここも要旨だけである。

正一が殺されたのは二〇〇六年十月二十四日である。まもなく逮捕され証拠調べも行われている。

普通は検察送りとなるが犯人が少年なので直接家庭裁判所送りとなった。

家裁は非公開で判事補が裁く。家裁で裁くには荷が重かったのであろう。

十二月十日になって神戸地裁の姫路支部へ送られる。家裁から地裁へ行くのは逆送と言われる。

翌年の二〇〇七年二月十日に第一回の公判が地裁で行われている。

時間がかかったのはその間裁判員の選任などがあったのであろう。

和子と政子が法廷を追い出されたのはこの第一回目の公判のときである。

「法廷から追い出すなんてするんですね」

和田はちょっと裁判官のやりすぎではと思ったが、福田は、

「いや『法廷での秩序維持に関する法律』というのがあるそうですよ」

調べてみると確かにある。法廷で暴言や暴行などを働けば留置場に入れられるか過料を課される。

まあそれなら法廷から出ていけと言うのはまだ穏便な処置であったかもしれない。が、そんな事を知らない被害者はそうは受け取らないだろう。

しかも被疑者のすぐ後ろに居てはいけないと言われればそれが規則なのかどうかは知らないが被害者よりも被疑者側を擁護しすぎていると受け取るだろう。そこまで被疑者側を大事にしなければならないのか。被害者側はそう思うだろう。

福田は警部だけあってよく勉強している。

和田は二度も警部への昇任試験に落ちてからはあまり法律は勉強していない。

証拠もあるし被疑者も犯行を認めていれば一回の公判で終わる筈だが二回目の公判がひと月遅れで三月十五日に行われ三回目は四月十日には判決が言い渡されている。その間の事情は分からない。弁護側の何らかの反論があったのかもしれない。弁護士の一人は弘中聡一弁護士となっている。

「国選弁護人なのに随分大物が担当したんだね」

「大物なんですか」

「人権派としても有名らしい」

「二回目の公判では弁護側の最終弁論の後結審してこの記録にはそこの経緯までは詳しく書いてないね」

「知りたいですね」

「そうだね。しかしその詳細を知っているのはいまや政子さんしかいないよ」

「裁判所では公開してくれないんですか」

「できる筈だが要点と結論だけしか書いていないと聞いたことがあるなあ。私も知りたい。検事と弁護側とのやり取りをどこまで詳しく書いてあるのかなあ。書記官がいるがパソコンで記録をとっているだけだから一言一句記録しているわけではないでしょう。要旨だけだと思うよ。私も見たことがないけど第三者が見られるのは難しいようだよ。当事者とか弁護士でないとね。原則としてそれらの人以外は駄目だそうだからね。警察の上の方から言えば閲覧できるかもしれないがウチの上の人を納得させられるかどうかむつかしいと思うなあ。検察と警察という垣根を超えた話になるからなあ」

そうかもしれない。済んだ事件をほじくり返さなくともよい。それで何になるのだ。面倒な話を持ち込むなと言われそうである。


結局政子に聞くしかない。

和田は再び豊岡に出向いた。今度は後の事もあるかもしれないので豊岡署の刑事にもついてきてもらった。

政子を訪ねても彼女から『それで警察はどうするんですか』と言われるような気もしたが一方でどうしても確認しておきたいという気持ちもあった。判決が少年院送りとなっていたからである。

いろんな例があるが家裁から地裁に逆送されるほどの事案なら普通はもう少し重い刑になる筈だがどうして軽くなったかそれが知りたかった。

政子はいい顔はしなかったがさりとて拒絶することもなかった。

二回目の公判はひと月遅れて三月中頃にあったという。検察側の論告とそれに引き続いて求刑があった。証拠調べは一回目の公判で済んでいたが政子たちは法廷の外にいたので聞いていなかった。

その二回目の公判の後半に弁護人の最終弁論があった。以下は政子の話である。

弘中弁護士は起訴事実については反論せず素直にその内容を認めた。むしろ被疑者の育った環境を縷々《るる》述べて裁判員の同情を誘う戦術に出たようである。これを長々と述べて如何に悲惨な環境で育ったかを説明した。

透の非行を説明する段では政子は弘中が検察側の人間ではないかと思ったほどである。

あまりにも透の悪事ばかりを言い募ったからそう思ったという。

和子や政子はその通りとんでもないヤツだと心の中では快哉を叫んだ。

しかしそこからは罪を軽くするための弁論だった。

このあと被疑者の最終意見陳述が求められたが山田透からは特に意見はなかったらしい。

政子の話には被害者側のバイアスがかかっていると思っていたが以上のことを割と冷静に話してくれた。

しかしながら政子は弁護士の論法には納得していない。犯行と生い立ちとは関係ないということも言った。そんな事を考慮すれば世の中の悪事は殆んどが許されてしまうではないかという意見である。

被害者側としてはそうであろう。

二回目の公判はこれで終わり裁判官と裁判員による評議がある。

三回目の公判で判決が言い渡され少年刑務所ではなく二年間の少年院送りとなった。

和田は和子の自殺も見ているのでこの刑では軽いと思った。故意による殺人なのに。政子はもっとそのように思うだろう。

未だに警察と裁判所との区別がつかずに恨んでいるところからも容易に想像できる。

和田としてはおぼろげながら犯人が少年院送りになった経緯が分かった。同時に弁護士により結果が大きく変わると言うことも分かった。その弁論なら裁判長はともかく裁判員は大きく動かされただろう。

判決を大きく変える弁論とはどんな内容だったのかその中身を是非詳しく知りたいとも思う。

裁判記録にはその辺の詳細は記録されているのであろうか。ぜひ一度見てみたいものである。

和田は政子に対して辛い話を何度も聞いて申し訳なかったと詫びるとともに署に帰り福田に報告した。

「そうでしたか。和田さん。確かにすっきりしないが我々警察官には法制度について何も言えないのですよ。悔しいですね。それを忠実に守るだけですよ。空しい点があってもね」

この話はそれきりになった。警察としては一応終わりである。しかし和田はいつまでも心の隅に残った。裁判での検察と弁護士とのやり取りを知りたかった。

世上では裁判員がややもすると情緒に流されやすいという批判があるのも理解できる。裁判員制度が一般市民の目線で判断できるという利点もあるが反面情緒的になりやすいという弱点もある。

どんな制度も完璧なものはない。

四　被害者参加制度

しばらくは平穏な日々が続いた。警察なんてヒマな方がよいに決まっている。とはいえ定期的に宿直の番が回ってくる。警部補と雖も関係ない。警察には盆休みも正月休みもない。二十四時間体制である。和田はこんな生活をずっと送ってきた。家族はうらんでいるかもしれない。

この前なんかは加古川の下流の中州で釣りをしていた人が夜の十時頃に流されたという緊急連絡があった。

こんなときでもすぐさま出動しなければならない。非番の人間にも応援を求められるからである。幸い隣の中州に泳ぎ着き助かったがこういうこともあるので常に誰かが待機していなければならない。この付近は汽水域でスズキの大きいのが釣れるからよく釣り人が来る。

宿直のあいだ仮眠の時間は取るがヒマな時は法律の書類に目を通す。

未だに気になっている和子の自殺に関連した法律を調べる。

平成十六年（二〇〇四年）の秋の国会で『犯罪被害者基本法』が成立している。施行は翌年だが基本的には被害者への損害賠償給付制度や刑事の手続きへの情報提供などを行うようにしているが具体的な方策は国および地方公共団体がとるとしている。

そのひとつの犯罪被害給付制度は給付を受ける対象には被害者の父母が含まれているので和子の場合はその権利がある。

しかし詳しく見れば被害者すなわち大神正一の収入により和子が生計を維持していたという事実を証明する書類が必要である。

この部分の制定趣旨は理解できる。例えば孝行息子が働いて親を養っていた場合などである。その孝行息子が殺されれば国が代わって何らかの補償をしてやらねばならないだろう。

しかしこの和子の場合は難しかったであろう。正一は母の仕事を手伝っていたのであり親を養っていたわけではない。明確な雇用関係は証明できない。給料などはなかったのである。個人商店で家族ぐるみで経営している場合のほとんどはこれである。

正一の収入は恐らくこづかい餞程度しか認められなかったであろう。ここまでは和田も確認していなかった。政子にそんなことまで訊ける雰囲気ではなかったからである。

もう一つの被害者への情報提供の具体策のひとつとして裁判での被害者参加制度というのがある。故意による死傷事件ではその裁判に被害者等は参加することができる。最近では危険運転致死傷罪も対象となっている。

和子は検察側の席に座り裁判に参加することができた筈である。しかし裁判が行われた時にはその法律は残念ながらまだできておらず、ようやく翌年の末に施行されていた。

和子や政子はそれゆえ傍聴席から見るしかなかったのであろう。

その制度も被害者側から委託を受けた弁護士から裁判所へ申告し承認を得なければならないし、かつ予め検察官を通さなければならないという。裁判所は事情を勘案してそれを認める。

「和田さん。よく詳しく調べましたね」

「ずっと気になっていたんですよ。でも調べたからと言って何も解決しませんけどね」

「考えてみれば気の毒ですね。法ができるまでの時間のずれがあったんですね」

行政組織のひとつである警察と司法との区別がつかない人に恨まれるのは和田としては残念であるが法律ができるまでの時間の狭間にいた人もいるのである。

しばらくして福田は尼崎の方に転勤していった。

五　研修

最近では高齢者を狙った特殊詐欺が頻発している。そのほかにもＩＴ技術を使った犯罪が出てきている。警察学校での勉強などでは追いつかない。

このため階層別すなわち例えば警部補クラスだけ集めて犯罪事例の説明や対処の仕方についての研修会のようなことをやる。階層別の教育である。

和田も特殊詐欺についての事例の説明会に出たことがある。県内の各警察署から本部に集められる。午前中の説明会が終わって食堂に行った時に若い男から、

「和田さんでしたね」と声をかけられた。

「以前高砂署にいました平木といいます」

和田はうろ覚えだった。

「そうですが平木さんはどの部署におられましたでしょうか」

「五年ほど前に生活安全課にいました」

彼はキャリア組である。

和田などはたたき上げでやっと警部補になったが平木などは研修と交番勤務が終わればいきなり警

部補になれる。高砂署にいたときはキャリアパスとして在籍していたのであろう。

今は本部の刑事部薬物銃器対策課にいるというがこうやっていろんな部署を経験しながら昇進していくのだろう。

「さきほど今日の出席者の名簿を見て気付きました」

「そうですか。それは気付きませんでした。失礼しました」

和田はいつの日か平木の部下になるかもしれないので丁寧に対応した。

聞けば最近は密輸の取り締まりを担当していると言う。

神戸は代表的な貿易港でありかつまた暴力団の本部がありこの種の犯罪に神経を尖らせている。時には神戸税関と共同で仕事を進めることも多いらしい。

税関は財務省に所属するが県警本部は県の公安委員会に所属している。つまり国家公務員か地方公務員かの違いがある。

ピストルや麻薬の密輸に関してこの前は税関と共に入港した貨物船の臨検に参加したそうである。コンテナの四隅の柱の中にブツを入れていたのを見つけたと言う。一度鉄製の柱の一部を切り取りブツを入れた後再び溶接して閉じると言うのである。その部分の塗装が目立ったから見つけたそうである。もっとも見つけたのは税関であったが。

そのほかにもコンテナの中の水牛の角の中に麻薬があるとの情報で税関職員がドンゴロスの袋から角を取出しひとつひとつ確認していたのも見ている。

角は衣服のボタンの材料になる。しかもコンテナ一個分であるから大変な量である。日蔭ではあったが真夏の作業である。角には少しだが肉片がついている。腐敗したその強烈な臭いがする角を一個一個手作業で確認していたらしい。

平木は空港での手荷物検査しか知らなかったが税関にそんな仕事があるなんてびっくりしたと言った。


「終わったら久し振りにお話しませんか」

平木は勉強のためにいろんな情報を知りたがっていた。さすがエリートは違う。今日は午後の三時過ぎには終わるので和田も否はなかった。

元町の駅まで行きガード下の喫茶店に入り近況を話しあった。

「その後高砂署では何か変わったことはありませんでしたか」

「そうですねあまり大きな事件はありませんね。五年ほど前の通り魔事件のあとは」

「あーあれね。僕は配属された半年ほど後でした。近所への聞き込みなんかでウロウロしましたね。新米だったし生活安全課だったのであまり役には立ちませんでしたが」

「あの時は全署員が走り回りましたね。聞き込みなんかをされたんですか」

「ええ裁判にも行きましたし」

「えっ」

和田はびっくりして平木を見つめた。

「行かれたんですか。しかし事件の調書には判決は書いてありましたが署員が裁判に参加していたとは書いていませんでしたけどね。詳しく読んだんですが」

和田は注意して調書を見ていたのでそう言った。

「あーあれは僕が休みをとって個人的に傍聴していただけですよ。だから上には報告していません。後学のためです」

「公判にすべて出られたのですか」

「いや全部ではありません。一回目と二回目だけです」

三回目の判決の時は仕事を休めず出られなかったという。


既に政子からある程度は聞いているが彼女の見方がすべて正しいとは思っていない。その為に裁判記録の詳細が知りたかったのである。第三者の公平な意見が聞きたかった。

「平木さん。是非その時の様子を聞かせてください」

和田が喫茶店に来たのはほんの少しの時間ならつきあうという気持ちであったが逆に今度は是非とも詳しい話を聞きたくなり目を輝かせた。こんな機会に出くわすとは思わなかった。

「ええいいですよ。僕は初めて裁判に出たんですが、なんで検察も弁護士も風呂敷で来るんですかね」

和田は何の話かと思って聞いていた。

「書類を風呂敷に包んで入ってくるんですよ。しかも唐草模様の。ほら昔コメディに出てきたような」

そう言えばそうだったような気がする。そんなところまで見ていなかった。ＴＶドラマなんかではカッコいい鞄を持って出てくるし、出てくる俳優ももっと二枚目だ。しかし実際にはなんかかなりダサイオッサンばかりだ。

「傍聴席は四、五十人は入れるところでしたが十人ほどしかいませんでしたね。裁判長は裁判長席の後ろの扉から厳かに入ってくるんですよね。暑苦しそうな長袖の、それも黒いヤツを着てね」

和田はそんなことはどうでもよい。早く弁護士の話の中身を知りたかった。

「ええ私も以前別の事件の公判は出ていましたので知っています。それよりも弁護士の最終弁論の中身を聞かせてください」

「最終弁論は二回目の公判の最後の方でした。あの弁護士は俳優ですよ。なかなかの名演技でした」

和田は最終弁論の中身が知りたいのだと言うと記憶の残っている範囲のことを話してくれた。

弁護士は起訴事実については争いませんと前置きしたうえで犯人山田透の生い立ちを述べはじめた。それによると山田の母親はふしだらな女で家事はおろか子供の養育もほったらかしであったと言う。

父親は雇われ大工であったが貧しいながらも子供の面倒はそれなりにみていた。

透が小学校四年生になる頃母親は家出してしまいしばらくは子供は買い食いで過していたらしい。その後父親は酒びたりの生活に陥り透はろくに食べ物もない生活が続いたという。

近所の人の助けがあったものの透の心は荒んでいきとうとう近くの店で万引きなどし始めたと言う。

この辺は検察の陳述にもある通りですと弁護士は否定はしなかった。

非行は進んでいき中学生になる頃には友人への恐喝や窃盗が続いて何度か警察の厄介になっている。家裁送りになり三か月の短期少年院に入れられたと言う。

ここを出てからはかえって非行は激しくなりとうとう婦女暴行をやり始め同級生への強姦にまで発展する。

しかしここからが弘中のすごい所であったと言う。

裁判長と裁判員を見わたして一呼吸置くと、

「裁判長および裁判員の皆さん。たしかに彼は殺人犯です。本人も罪を認めています。しかし彼の生い立ちを考えてみてください。

幼い頃から誰からも愛情を受けたことがないのです。家庭の温かさを知らないのです。実の親からもほったらかしにされたのです。確かに数多くの非行を重ねています。ここに少しでも大人の愛があれば踏みとどまったかもしれません。何の希望もないため凶行の段階では自暴自棄になっていました」

コップの水を一気に飲み干し、

「少年鑑別所の意見では心に大きな傷を持っているが決して更生できないわけではないとの意見も出されています。

いま裁判長、裁判員および検事さんがご覧になっているとおりです。

さて彼をここまで追い詰めたのに我々大人のいや社会にいささかの責任もないと言えるでしょうか。

ここに二つの道があります。

ひとつは彼に厳罰を与えることです。それにより二度とこのような犯罪を起こさせないようにすることです。

もう一つは更生の機会を与えることです。


しかし厳罰を与えるということで果して彼を立ち直らせることができるでしょうか。

例えば長期の刑を与えても社会に復帰する頃には人生をやり直す機会はとっくにすぎ去っています。その頃まで更生する意欲を持ち続けておられるでしょうか。長期間彼の気持ちを支え続ける家族あるいは周囲の愛がないのです。

長期の刑を終えて出所した人間が再び罪を犯すというのはよく見られる例です。社会の偏見に耐えきれず再び悪に手を染めてしまうかもしれません。悪の再生産です。


大人ですらこういうことがあります。まして幼少時からさきほど申したような生活を送った被告はそれにも負けず立ち向かっていけるでしょうか。

今のうちに、若いうちに是非更生の機会を与えてやってください。更生の可能性があるのです。その芽を潰さないでください。

裁判はふたたび罪を犯さないようにすることができなければなりません。再犯させるような判決であってはならないと思います。

裁判長、裁判員の皆様ぜひこの点を考慮願います。皆様の配慮を賜りますことを切に願います。以上で私の弁論を終わります」

というのが平木の話の内容である。

政子の言った内容とそれほどはズレていない。

裁判記録の詳細は見ることができなかったが平木の話で和田の疑問は氷解した。この弁論で恐らく判決が軽くなったのであろう。

被害者側はこのような場合多くは厳罰を望むだろう。報復もしたいだろう。そうでなければ恨みは晴らせない。しかし江戸時代ではあるまいし近代社会では個人的な仕返しは認められない。国が代わってそれを執行する。

このために多くの法律が作られる。

しかしそれでも矛盾は解決しない。政子が言ったように今の裁判は被告を保護する為のもので被害者を支援することが軽視されている。その一部は和田も理解できる。

和田はこれまでの自分の心の葛藤を吐露した。

「被害者側の感情を癒すために警察にできることは何もないように思います」

「……そうですね。……そうかもしれません。でも和田さんのようにそこまで動けば遺族も少しは気が晴れるのではないでしょうか。まあもっともそれだけで解決にはならないでしょうが」

平木に話を聞いてもらって和田は幾分気持ちが楽になった。


少年法にもいろいろな課題がある。今の少年法は戦後日本国憲法の三十二条に従って何人《なにびと》もすなわち非行少年に対してすら基本的人権は保障されるべきという観点から出発している。さらにすべての子供の健全育成を保証している。

施行されたのが昭和二十四年一月というまだ日本が独立していない時なので占領軍の意向が色濃く反映されていたのかもしれない。

戦前の旧少年法が十八歳未満であった少年年齢を新法では二十歳に引き上げられたのもそのひとつである。

最近できた裁判員制度もまだまだ改善していく余地はありそうだ。


世の中には様々な機構や制度がある。時の流れに法制度は追いついているのだろうか。

そのどれもがそこだけで問題が解決できるようにはなっていない。それが世の中の仕組みだ。

しかし少しずついい方向に向かっていくだろう。

和田はそう思うことにした。

六　山躑躅《やまつつじ》

ある休みの日に和田はフラリと高御位山の麓にある公園墓地に出かけた。ここは丘になっている。奥の方にある正一と和子の墓を見つけた。お供えの花は枯れて墓の周囲には雑草も生えている。誰も参ってないようだ。

店は取り壊されているそうだ。

墓も放置されている。あの一家はある瞬間だけこの世に存在したのだ。

持ってきた墓花を供えて一家の冥福を祈った。墓の周りの山躑躅の花が咲き一家を慰めているように思えた。

あの世でないと慰めてもらえないのか。

そのあと高砂駅まで行った。

切符を買い改札から下りのホームを通って上りのホームに行くため連絡地下道に入った。上りのホームに立ち加古川の鉄橋の方を見た。

下りの電車が入ってくる。踏切を過ぎて電車はスピードを落とす。あの手前で和子は飛び込んだのか。どのような心境だったであろうか。明日という日に何の希望もなかったであろう。彼女の目には世間が何色に映っていたであろうか。

飛び込みの数日前からしばらく休むとの貼り紙をしていたところからみると徐々に自殺の決意を固めていたのかもしれない。

再び地下道に入り下りの電車が通る辺りで立ち止まり天井を見上げた。遺体はこの辺に横たわっていた。周りを通り過ぎる人は訝しそうな顔をして和田を見つめている。

南側にある改札を出て商店街の方に行く。

『徳一』のあった長屋は取り壊されて今は更地になっている。紀美子が居たスナックはまだあったが前よりも寂しそうであった。

さらに南に向かい高砂神社の所まで来た。

和田は能楽はよく知らないがここは能『高砂』で有名だ。

刑事はすべてではないが神社の鳥居をくぐらない。横を通り過ぎる。鳥居をくぐると『御宮入り』と言って事件が解決しなくなるかもしれないので縁起をかついでそうするのである。くだらない迷信だとは分かっていても実は和田もそれを打ち破るだけの度胸がないので鳥居の脇を通る。

何を祈るわけでもないがとにかく頭を下げる。東の方に行き加古川の堤防に登る。

さらに南へ行くともう海だ。

春の瀬戸内は穏やかだ。この穏やかさを守るために我々は働いている。自分はスーパーヒーローではない。それどころか大きな組織の歯車の一つに過ぎない。しかし大げさに言えば正義の味方だ。ほんの小さな。その気持ちが日々を支えている。

海はいい。全てを呑みこんでくれる。

和田は堤防の西側にある向島公園のベンチに座りながらぼんやりと海を見ていた。

完

豆腐屋かく戦えり

一　ある商店街

神戸市の中心部には六甲山の南側に三本の鉄道が並行して走っている。山側より順に阪急電車、JR東海道線そして浜側に阪神電車である。その商店街はその阪神電車の御影《みかげ》駅に隣接して並んでいる。この駅の部分は明治の終わり頃に施設された時にはまだ併用軌道として地面の上を走る路面電車であった。駅の部分を含めてその近くは昭和四年（一九二九年）には早くも高架となった。それ以外の駅はまだ地面を走っていたのでその後徐々に高架化を進め現在でもまだ高架化工事を進めているところがある。路線は複線であるが南北の両側に家が立ち並んでいるので電車を走らせながら高架を作るだけの余分の土地がない。今となっては難しい。

戦後徐々に高架化を進めてきたがそのやり方はこうである。

まず何とかして今走っている線路に密着して新たに上りか下りの一本の線路を施設するだけの土地を入手することから始まる。そこに例えば新しく高架にした下りの路線を作る。そこに下りの電車を走らせ既設の下りの線路を撤去する。その跡に高架を作り上り用の線路を作っておく。

既設の上りの線路はしばらくはそのまま地面の上を走る。

したがってしばらくは地面を走る上り電車と高架を走る下り電車が狭い場所で並行して走る。既設の上り線路と新しく作って置いた上りの線路は適当な時期にわずかに幅に余裕のある適当な場所で切り替える。

このあと地面に残った上りの線路を撤去する。そこは新しく道路とする。

この方法は今では珍しくもなんともないが当時は新しいやり方であった。

狭い場所で新設と既設の線路が隣合わせになるので危険が伴うが大きな事故は起きていない。しかしまだ路線のすべてが終わったわけではない。一部はまだ今でも地面の上を走っている。

ただこの御影駅付近はあまりにも早く高架にしたためその後周囲にビルが建ち並び駅を拡張する、すなわち長くするための場所がない。

駅のホームを長くしたかったのだが駅の前後左右にビルが建ち並び拡張するための余分な土地がない。

高架にした頃の電車は二両編成が主であったため問題にはならなかったが現在のように六両編成となるとホームの長さがまったく足りない。それでも無理してホームの長さを延長してきたが六両編成の長い電車は東西の方向に「く」の字型になって停めざるを得ない。さらにこの時は先頭車両や後ろの車両付近ではホームの幅は一メートルくらいしかない。

ホームの曲率半径は小さいところでは百四十メートル程度である。電車は一両の長さが二十メートル程度であるので六両編成の電車が「く」の字型に停まった場合、場所によってはホームと車両の隙間が十センチほどにもなる。いやもっとあるかもしれない。

小さな子どもやお年寄りには危険である。

このためかこの駅はすべての特急が停車する時に特急待ちをしている普通電車の乗務員は必ず下車して特急電車が完全に停車するまでホームで合図をしながら見守っている。特急電車もできるだけゆっくりと停車する。駅のホームでの安全を重視している。

ただ例外がある。

他の鉄道会社と相互乗り入れをして快速急行という名の電車を走らせているがこの急行がここでは停車しないのである。詳しい理由は知らない。すべての特急が止まるのに急行は通過するのである。世間一般の常識では特急が停まるなら急行も停まると思う。

知らない人は面食らう。

乗客が電車に近づけば危ない。

そのためもあってかその急行は駅のホームの付近では最大限徐行する。

新しく高架化工事が進められているほかの駅では直線状でかつ長いホームに変わりつつあるがこの御影駅は直線状にするのは場所がなく今となってはほぼ不可能だ。古くから高架化していたにもかかわらず新しい時代に対応できていない。

駅の北側にはバスターミナルがあり六甲山やその中腹にある住宅街に向かうバスが数多く出ている。

駅の南にはかつては多くの造り酒屋があった。しかし平成七年（一九九五年）に起きた阪神淡路大震災以降、中小の作り酒屋は廃業に追い込まれてその数は減っている。それでも酒どころ灘五郷のひとつとして今でもその名前は色あせていない。

また駅のすぐ南にはバレンタイン広場(といっても小さいが)という名前の広場がある。付近のチョコレート会社がイタリアの聖バレンタインが出たと言われる市の許可を得て命名し記念広場を作っている。それもあって日本のバレンタインデーの発祥の地ともいわれているが定かでない。まあ言えばこんなものは先に言った者の勝ちだ。

駅の高架の真下には七メートル四方の泉があり今でも清水が湧いている。近くの六甲山からの伏流水である。

高架の周りのコンクリートに囲まれて目立たないが知る人ぞ知るという感じで存在している。

ここは言い伝えによるとその昔神功皇后《じんぐうこうごう》が朝鮮征伐から帰った時にここを訪れこの泉で自らの顔を映して髪を梳《と》かされたらしい。

そのときご尊顔すなわち御影が映ったことから御影という名が生まれたとも言われている。さらに駅のすぐ北にはその泉の一部が縦、横および高さがそれぞれ一メートルくらいの立方体の大理石がありそのモニュメントの小さな穴からチョロチョロと湧き出ている。

以前は飲用できたらしいが震災以後は水質が変わり飲用不可となってしまった。

時代が下って後醍後天皇《ごだいごてんのう》が政争に敗れ隠岐の島に配流される途中にこの地に立ち寄られたことがある。このときに地域の人がこの水で醸《かも》した酒を奉げたところ大変御喜びになり御嘉納《ごかのう》された。多分お褒めの言葉があったのであろう。

その時の酒造元は大変名誉なことと誇りに思いそれ以来、この氏族は嘉納の姓を名乗った。現在の大手酒造の先祖として今に至るまでその名は続いている。

有名な進学校である私学を作ったりいまでも使っている公会堂を作るなど多くの社会貢献にも尽している。

また明治時代にはこの家から講堂館柔道の始祖である嘉納治五郎が出ている。生家跡には記念碑もある。

この駅のガード下に沿って小さいながらも五十軒ほどの店が並ぶ商店街がある。幅二メートル弱の道の両側に店が並んでいる。

片側はガード下にあるがもう一方はガードの外側にある。そのいくつかは残念ながらシャッターは閉まったままとなっている。

駅の北にも南にも大手のスーパーができそこに客を奪われたのである。この通りの真ん中に一軒の豆腐屋があった。間口は二間もないが奥行きは五間もありさらには隣の店の奥の方を借りているので奥は広い。そこには豆腐作りの機械が並んでいる。

店の名前は「山村豆腐店」である。戦後しばらくして父親の山村宗助がこの地に店を構えてから六十年ちかくになる。今はその息子の忠志が跡を継いでいる。二十年ほど前に有限会社としている。忠志と妻の和子が役員で一応形の上では忠志が代表取締役である。しかし実態は家族経営である。従業員などはもちろんいない。

この店もほかと同じく数年前からじり貧で今もその状況は変わることはない。無理もない。近くの大手のスーパーに行けば一個百五十グラムの豆腐が三個セットで九十円ほどで売っているし普通のサイズの三百五十グラム入りなら特売日には六十五円あるいはもう少し安く買える。一個一個手渡しで売っている個人商店では価格的にとても太刀打ちできない。

この店では同じ大きさのものなら一個二百五十円と四倍ちかい価格で売っているが、しかしそれでも利益はほとんど出ない。

それでも買ってくれる人はいる。昔からの馴染み客か豆腐の微妙な味にこだわりを持っている人だ。当然忠志も味にはこだわっている。特に材料や水を厳選している。このことを分かってくれている人もいるので続けているのだ。

店の中には小さな井戸があり昔からこの水を使っている。ただし今はこれを直接使うのではなく活性炭でろ過している。

水には最大限の注意をはらっている。

水は豆腐の味を大きく左右する。いや水だけではない。原料の大豆はもちろんだ。昔から国産かつ特定の銘柄しか使わない。

国内で流通している大豆の九割以上は外国産でありかつその多くは米国産である。価格も国産は米国産の二倍から高級品に至っては四倍ちかくもする。しかし頑張って国産を使い続けている。にがりもこだわって高知県産を使っている。薬品の塩化マグネシウムを使ってもよいが薬品の臭いがするだけでなく豆腐の味も損ねると信じている。

本物のにがりにはマグネシウムのほかのミネラルがあり健康にも良いからである。

四か月に一度この商店街に所属する店が集まる会合があるがここ五年ほど明るい話題が出たことがない。どの店も苦しいのだ。夫婦かおじいちゃん、おばあちゃんあるいは家族ぐるみでなんとか切りまわしているだけだ。

そんななかでも皆は知恵を出し合い工夫はしている。空き店舗を改造して無料の小さな寄席を開いて若手の落語家や漫才師を呼んだりする。彼らはボランティアのような気持ちでやってくれているが無料というわけにはいかないのでわずかだが金一封は出す。

そのほかに年に一度だが近くの酒造元十軒ほどを招いて御影酒まつりを開く。大手の酒蔵は参加しないが中小メーカーが集まる。すべて客寄せのためである。

シャッターを閉めている店の前で幅三十センチ長さ百五十センチばかりの小さな長テーブルを出しそれぞれ自慢の酒を売る。

近くの天婦羅屋や魚屋がおつまみになるようなものを作って出す。

集まってくるお客もほとんどは馴染みの客だ。一日だけだが毎回盛況で皆立ちながら飲み食いする。小さな椅子は用意しているが圧倒的に足りない。狭い通りに人があふれる。しかし案外この雰囲気が好きな人がいる。

若いお嬢さんもそうでない女性も結構集まる。

当然皆酒のみだ。この時ばかりは昔の雰囲気が戻ったようで売っている方も楽しい。

ジビエ料理の店もやって来る。ここの鹿肉のシチューは毎回好評ですぐ売り切れる。

忠志の店もつまみになるようなものを用意する。一口で食べられるような小さながんもどきの煮物や味のついた冷やっこなどである。誰でも酒を飲むと気が大きくなるようでこの時ばかりは割と高値でも売れる。

だが酒まつりが終わると普段の人どおりに戻る。

忠志は一度商店会の集まりのときに空き店舗を利用して昔懐かしい女剣劇をやったらどうかと提案したことがある。

地方巡業をしている劇団も興行する場所が減って困っているらしい。

一幕や二幕の芝居くらいなら大した道具立ては要らないだろうと思っていたが大道具を入れる場所や楽屋を作るには連続した二軒以上の空き店舗が必要なことに加えて消防署からは保安上の設備を整えるように言われた。

予想以上に金がかかることが分かり沙汰やみとなった。行政の協力があればいいが区役所は慎重だった。また地元選出の神戸市の議員も協力的ではなかった。

商店会のメンバーもはたして独立採算で行けるのかとか神戸市の補助金がどれくらい出るのかとか各店の売上向上につながるのかと言った意見が出て誰も明確に答えられなかったのである。

須磨区の近くに住んでいる叔父の話によるとそこの公民館では月に一度だがお年寄りを対象にした映画会が開かれると言う。

映画と言っても今はフィルムではなく正確にはＤＶＤで古い映画を年寄りに見せているだけだ。機器の準備をするのはボランティアの人だから交通費だけでたいして金はかからない。かかったとしてもその経費は区の福祉協議会が負担する。参加する人は二十人前後だが無料だそうだ。

無料でいければそれが一番だ。税理士の話では入場料を取ると営利事業となって課税されるおそれがあるという。これは避けたい。

なんでもかんでも課税し取れるところから取るという税務署（いやこれはその上の財務省か）の態度には腹が立つが国の考え方なのでしょうがない。

国は高齢者の福祉を一生懸命進めているとか言いながら一方ではこういうこともやっている。

手法的に個別の対応ができないのだろう。

須磨区のようなやり方は忠志が住む東灘区でも場所によってはやっているらしい。これであれば何とかいけそうである。次回の会合ではもう一度提案しようと思う。定期的にやればこの商店街にも人は戻ってくるのではないか。

もっとも商店街が潤うかどうかは分からないがやってみるべきだと今でも思っている。

二　売上げ

相変わらず店の売り上げは低迷している。

忠志の店では先月の電気代は三万八千円だった。水道代は井戸水を使っているおかげで二万二千円、ガス代が八千円、材料代はほとんどが大豆であるがこれが薄揚げを作る時のサラダ油を含めて三十五万円でほかにプラスチックの容器代やその容器を密封するシール代やお客さんに渡す時に使うポリ袋などの資材費が八千円かかる。

電話代が携帯も含めて一万四千円その他に家賃が六万円、法人住民税が月割りの計算で八千円で小計が五十万八千円となる。家族の生計費が一日八千円としても月二十四万円は必要だ。合計で七十四万八千円の収入がないとどうしようもない。

これを日割にすると二万五千円となる。粗利を三割としても一日八万円の売り上げがないといけない。

一丁二百五十円の豆腐なら三百二十丁近く売らなければならないが一日の売り上げが百五十丁以下の時もある。

豆腐だけなら平均して二百丁とすれば一丁四百円で売らないと経営が成り立たないがこんな価格で

売れるわけがない。

もちろん豆腐以外に薄揚げや厚揚げ、がんもどきなどの売り上げもあるがたいしたことはない。

何をすればよいのかいつもそればかり考えている。

さらなるコストカットか売上を増やすかあるいはその双方を目指すしかない。


コスト削減といってもいまのところ削減するところと言えば一番大きいのは材料費の大豆である。いまでも国産にこだわって兵庫県産と北海道産のものそれも特定の銘柄のものを使っている。それらの割合を半々にしているのは生産地で何か問題があった時に対する保険のようなものである。阪神大震災の時は近くの兵庫県産のものしか手配できず苦労したことがあった。

それも以前から商社を通さずに直接生産者から安く仕入れている。しかしそれでも価格は米国産のほぼ二倍ちかい。米国産は主として搾油用であるため豆腐の命であるたんぱく質が少なく香りも味もイマイチである。

豆腐には口に含んだ時にただよう豆の香りとうまみが命である。国産でも銘柄が違うとなかなか同じ味にはできない。

もちろん豆腐の味は大豆の銘柄だけではない。大豆を水に浸けておく時間や粉砕するときの加減で変わる。

米国産は品質のばらつきが大きい。これも簡単に米国産に切り替えできない問題のひとつだ。

にがりをいれて豆乳を固めるときに水分を多くすればできあがる製品は増やすことはできるがこれ

こそ水増しそのものだ。

これだけはしたくない。

今までがんばってきたのだ。信用を失うようなことだけはしたくない。

ウチは絞ったままの濃い豆乳を使っているのでこの店で作ったものは香りと味は全然違うのだといつも思っている。

米国産に切り替えれば月十二万円ちかく安くできる。これは大きい。販売価格も下げられる。いつもこの点でどうしようかと悩む。米国産と国産をブレンドしようかとも思うがなかなか踏みきれない。

大手のスーパーでは全量米国産を使っているができあがる豆乳にはコクがなくしたがって味もやや水っぽい。味も豆腐本来の旨さがない。お客さんはかける醤油の味でごまかして食べているだけだ。

ウチの豆腐はそれだけで食べられる。余計な味付けは不要だ。

店の家賃はこれでも安い方だ。古くからの住民なのでこの値段だがよそは八万円ほどしているらしい。

駅から徒歩五分ほどの所に自宅のマンションがある。ここは昔購入しておいたので家賃は要らないが固定資産税はかかるしまたエレベーターもついてないのに毎月一万二千円もの管理費や修繕積立金が必要だ。さらにここでも電気代とガス、水道代それぞれにわずかだがＮＨＫの金もかかる。

自宅には固定電話は大分前から置いていない。普段家には誰もいないので置いたとしても無駄だからである。

今は携帯電話さえあれば特に不自由することはないので忠志と娘だけが持っている。

ここでは高校に通っている娘と妻の和子と三人で暮らしている。

忠志の父親と母親は震災前に亡くなっている。

娘の佳苗はもう三年生だ。早いものだ。小さい頃は親にまとわりついていたのにと思う。自分の娘だから可愛いとは思うが冷静な目で見ると残念ながら親に似てそれほど美人ではない。それでも一人娘だ。大事にしている。

今の時代大学に行くのが当たり前になっている。本人も大学に行きたがっているが親の経済力が問題だ。

小学校の教員になりたがっているらしいが忠志は国公立の大学であればいいよと言っている。本人も家庭の事情が分かっているので納得はしている。

忠志はよく知らないが今は国公立と私学との授業料の差は昔ほど大きくはない。奨学金も貰えるし神戸ほどの都会ならアルバイト先もたくさんある。

親の援助がなくともやっていけるのだ。ただ下宿するとなると厳しい。

大阪府や兵庫県にある国立の教育大学は都心から遠く離れた場所にありそこに通うには下宿するしかない。寮に入れたとしてもその費用がかかる。といって地元の国立大学は超難関大学である。そこなら家から通学できるが如何せん娘の学力が足りない。

佳苗には兄妹はおらず中学に入った頃から時々店の手伝いをさせてきたし、ここらで好きなことをさせてやりたいが要は金だ。金が問題だ。

忠志は口には出さないもののいつも心の中で娘にはすまないと思っている。

商売をやっていると常に金のことばかり考える。はやっていればそんなことはないだろうが毎日が綱渡りだ。回転資金と生活資金が明確に区別できていない。いいかげんこの辺で人並みの収入は得るようになりたいといつも思う。


家に帰ると毎日妻の和子と売り上げの計算をしているがこの時は二人ともいつもの浮かぬ表情だ。

「ねえお父さん」佳苗が口を出す。

「ん？　なんや」忠志が不機嫌そうな顔で振り向きもせずに答える。

「豆腐のことを英語で何て言うか知っている？」

親が悩んでいる時に何を言うのかと思う。

「さあよう知らんけどなんて言うんや」

と気のない返事をする。

「トウフプディングと言うらしいわ」

「ふーん。なんやケーキみたいやなあ」

「そこや。そこやねん。豆腐でおやつみたいなのができへんかなあ。甘ーい豆腐や」

佳苗は天井を見上げながら言った。なんだそれが言いたかったのか。

「そんなもん売れるかいな」

と忠志はそっけない。

「そやけどそんなもんやってみんと分からへんやんか。なんでも最初はそうやで」

娘は親の目を見て説教するように言う。

忠志はなんか人生の先輩から言われたようでことの是非よりその言い方に抵抗を感じ素直に受け止められなかった。

娘に言われなくともなにか新しい豆腐を作ってみたかった。別に豆腐でなくともよい。御影名物にできるようなものを。

三　豆腐プリン

佳苗に言われた時は聞き流していたがしばらくは何となく気になっていた。

豆腐プリンなんて見たことも聞いたこともない。しかし自分は知らないが世の中にはあるのかもしれない。

忠志は近くのスーパーへ行き探した。

豆腐屋が豆腐のことをよく知らなかったと思い知った。

このスーパーは比較的高級なものを売る店だったが、あるあるいろんな豆腐が。

ゆず豆腐はもちろん知ってはいたし店でも作ったことがあるがゆず豆腐だけでもゆずを豆腐に練り込んだ物やゆず入りの出汁が別についたものやゆずペーストがついたものなどバラエティーが豊かと言うか種類が多い。

ほかに「濃い豆腐」だとか「国産大豆百%使用」を売り文句にしているものもある。

そこの売り場では幅一メートル縦一・五メートルほどの陳列棚にたくさんの種類の豆腐が並んでいる。

豆腐プリンなんてない。

しかし乳製品売り場に行くとヨーグルトや普通のプリンに並んで隅に豆腐プリンが三個並べてあった。

なんだ。あるではないか。

佳苗はいかにも新製品のような感覚で話していたが世のなかにはちゃんとある。

初めてではないようだ。円筒形の透明のプラスチックの普通のプリンのような大きさの容器に入っている。

成分を見ると砂糖、果糖、豆乳、ゼラチン、カラメルソース等となっている。値段は百五十円である。

これを一つ購入した。

よせ豆腐が一丁三百五十円で売っていたがこれは買わなかった。買って味見をするなんてことを考えない。こんなものは買わずとも俺が作る豆腐が一番だ。味には絶大な自信を持っている。

しかしそれでもやっぱり高いなあと思う。

そばにうんと安いものがある中でこれが売れるのだろうか。置いてあるというのは売れるからだろう。これだけ金を出すのならウチに来てくれたらもっとうまいものを食べさせてやるのにと思う。

忠志は店に戻るとさっそく買ってきた豆腐プリンを口にしてみた。甘いそして思ったよりなめらかだ。

普通のプリンが乳製品をゼラチンで固めたものだがこれは豆乳を使っている。そのせいかこれは舌触りが普通のプリンと同じだ。にがりを入れると味が変わるのでゼラチンを使っているのだろう。

舌触りがあまりにもなめらか過ぎて風味が普通のプリンと変わりがない。豆乳から作っているからである。もともと豆乳にはそんなに強い風味はない。

また豆腐特有のほんのすこし舌に残るザラついた感じがない。その辺が物足りない。

これは絹こし豆腐に近い。もう少しザラついた感じがほしい。そう、木綿豆腐か掬《すく》い豆腐のような感じがほしい。

豆腐でプリンを作っても何が珍しいのかよく分からない。買う方もそう考えるだろう。

もしも作るとしたらなにか特徴があるものを出さないといけない。

取ってつけたようだが卵アレルギーや乳製品が苦手の人向けというくらいだろう。しかし豆腐にも大豆アレルギーがあるからこれは売り文句としても弱い。

第一あれだけ甘くしてしまうと豆腐の味というか風味が消えてしまう。

甘くないお菓子というのはできないか。豆腐の旨みが残っているものだ。

また健康に良い豆腐のお菓子は無いか。

挑戦してみる価値はあるだろうか。

いろいろと考えたが結局やってみるしかないと思った。

プリン作りもまずは大豆から作ることにした。大豆を一晩水に浸けてすり潰し生呉《なまご》を作る。

普通はこれを絞って豆乳を作り加温してにがりを加えるのだがそれを入れ過ぎると塩辛くなりまた

苦味もふえるので普段の半分にする。豆乳を温めてにがりを加えながらゆっくりかきまぜそのままそうっと静かに容器に入れる。

やはり少し固まりにくい。

砂糖もいつもの三分の一くらいにして甘さを極力抑えた。

その時にスプーン一杯程度の抹茶を混ぜてみた。和風を目指したのである。

カラメルソースを作る。これをカップの底に流し込み上から固まり始めた豆腐を静かに入れるのだ。なんとか製品にできた。

容器も普通のプリンのような丸いものにした。容器は五十個単位で購入した。

普段はこんな少量では買わない。

ここに到着するまでほぼ三日かかった。

にがりを混ぜることにより適度な塩辛さと苦みが加わって和風の風味を出すことができたように思うがしかしやはり豆腐本来の味が消えている。

抹茶も多くすると抹茶好きの人にはいいかもしれないが大豆の風味が消える。あくまでも大豆の風味を残したいのだ。


家に帰って娘に試食させた。

「まあ何とかいけるけどわざわざ豆腐にするほどのことはないかもしれへんね」

「ザラついた感じを残したんやけどそれはどないや」

「なめらかな感じがないのはそれはそれで新しい感覚でええと思う……けど」

「ん？　けどて何や」

「なんかパンチ力があれへんなあ」

親父が苦労して作ったのによく言うなあ。

「そない言うけど今はこれが限界や」

佳苗が言うのはよく分かる。

おやつにしても食べたいと思うほどの味ではない。どこが悪いと言うのではない。いやむしろどこがいいというのがない。もっと甘くしておやつらしきものにしてもよいがそれならわざわざ豆腐にすることもない。豆腐の旨みも消える。

どうも豆腐にこだわりすぎているなあと思うが豆腐屋だからこんな発想しかできない。


それならどうすればよいというのが分からない。

しかしせっかく開発したのだ。一度売ってみようと二十個ほど作り店に置いた。


「へえー。こんなん作らはったんですか」

馴染みの客が二個買っていった。

なんか義理で買ってもらったような気がする。それでも都合十二個は売れた。一週間は頑張って作ったが二日目以降はせいぜい売れて五個前後だった。

「アカンわ。売れへんわ」

忠志は売れ残りの豆腐プリンを家で食べながら娘に弱音を吐いた。甘いプリンなので三つも食べたら胸がつかえる。

普段豆腐の売れのこりは薄揚げか厚揚げにする。それでも処理しきれない場合は高野豆腐に加工する。高野豆腐は作るのも保存するのも簡単だからである。冷凍庫で凍らせる。

絹こし豆腐だけは一回凍らせた後常温に戻して水分をとり再び凍らせる。二度手間になるがキメが細かいのでこれが好きな人もいる。

しかしプリンの売れ残りは食べるしかない。

「初めてのモンやし宣伝もしてへんしそらしゃあないわ。せやけどお父さん、あきらめたらあかんで」

親を元気付けるつもりだろうがどこか上から目線で言われているように感じる。

「せやけどあとなにしたらええねん」

佳苗はふと話題を変えて言った。

「御影酒まつりというのがあったやろ。今度はいつ？」

「今年は九月の終わりや」

「その時に宣伝したらええねん」

「宣伝には金がかかるがな」

「一枚きりのビラでええんや。そんなもんくらい私がパソコンで作るわ。五十枚くらいあったらええやろ」

たしかに酒まつりの時は売れた。珍しかったからだろう。しかし継続的に売れなければだめだ。

その時のお客さんの中には、

「みたらし団子みたいなんできへんのか」

とか「酒のアテになるようなもんがあったらええと思うで」と言ってくれる人もいた。

酒まつりの時の客だからそんなことを言う。

酒のみの言うことだ。どこまで信用したらいいのか分かったものではない。

娘も「そらそうかも分からんけど酒のアテというても具体的に何がええんやろなあ」と言う。

忠志は時々酒は飲むがそれほど多く飲む方ではないし酒のつまみにもこだわる方ではない。

飲む方の人間にきいてみると揚げ物とかピーナツやおかきがいいと言う。

おつまみと言うぐらいだからやはりつまめるものがいいらしい。忠志の店でも酒まつりのときは小さながんもどきを煮たものやおからの味付けしたものを用意している。但し酒まつりが終わってからの反応は分からず来年の酒まつりの時を待つしかない。それまでは自分の店で反応を見るしかない。

そこまでは待っておれないので「おかず」として店に出した。ただし別々にして並べただけだ。

妻の和子が、

「詰め合わせにしたらどうやろ」と言うのでつまみセットにしたものを出した。

十五センチ角の硬めのプラスチックトレーで中が六つに分れているものである。したがって六種類のものが入る。

一つのおかずだけではなくがんもどきやおからや厚揚げの煮たものなどを少しずつ詰め合わせたものである。ただ一つ一つの容れ物が四センチ角程度と小さいのであまり大きな具材は入れることができない。したがってがんもどきなどはわざわざ小さめのものを作った。自分の所で作るのだから簡単である。

しかし容器代が案外高くついた。底は青色で蓋の代わりにシールをした。これは普段豆腐をパック詰めにするときに使っている超音波溶接シールだ。容器の材質は豆腐の容器と同じで耐熱ポリプロピレンを使う。これならこのまま電子レンジで加熱できる。

この容器もいろいろありオードブル用の丸い形状のものもある。深さは三センチほどのものにした。中の仕切りのないものは容器は安いがほかのおかずと混ざるので仕切のあるものにした。一枚と言うのだそうだがこれが八十五円もする。

常連の奥さんが「わあ。これ作る手間が省けて便利やわあ」と喜んで買ってくれた。

家庭で作る場合はおかずの種類を多くすることは難しい。多種類の材料を買わねばならないからである。大家族の場合はいいが二、三人の家庭ではどうしても作りすぎになる。

最近の家庭は少人数だ。

したがっていろんなものが少しずつ入っている方が便利だ。また食卓に並べた場合豪華に見えるし中身によってはこれひとつで夕食のメニューになる。

お客さんは手間が省けていいかもしれないが作る方は結構面倒である。

しかしそれでも売れたので張り合いがあった。詰め合わせる中身も毎日いろいろと変えてみた。もちろん豆腐も入れたし煮豆なども混ぜた。薄揚げは自分ところで作るからお手のものだ。この薄揚げも普通の二倍くらいの厚みにして薄い味をつけて二センチ角くらいに切りその上に山椒の実を醤油で煮たものを三から四粒ほど載せる。山椒の実の風味と合うと言ってこれはけっこう評判が良かった。

おろし生姜を載せるバージョンも作った。

筍とわかめの炊き合わせも入れた。


酒のみの旦那がいるのかどうか知らないがリピーターとして買ってくれる人がいる。

こちらも欲が出て枝豆やうすす揚げ、その煮物、豚の角煮やおでんなどおかずか酒のアテかは分からないがとにかくいろんなものをミックスしてみた。

すぐに飽きられないように毎日少しずつ中身を変えてみた。

しかもどれも少量ずつとした。

何とか売れた。というか大体売り切れた。

評判のいい詰め合わせはそのままにしてそれ以外は組み合わせをいろいろと変えた。肉厚の薄揚げ（この場合はなんといったらいいのか？　中揚げか？）は単品で店に出した。売れ残りを家に持って帰って食べた。

娘は「これなんていうの？」と訊く。

「決まってるがな薄揚げや。生姜と醤油をかけたらうまいやろ」

「この薄揚げは風流な味がするわ」

忠志は「風流？」と訊く。

「雅な味と言うたらええんかな」

「薄揚げや。ちょっと厚めやけど」

それがどうしたんやと思う。

「なあこの小さめに切ったもんに京風の名前をつけられへんのかなあ」

「どういうことや？」

「祇園とか嵐山とかや」

「なんや名前をつけるだけかいな」

佳苗は新商品の販路開拓にはネーミングが重要だと言う。客も憶えやすいし親しみも湧くのではないか。伝統の味や秘伝とかいう名前もあるがありふれているしそれでは訴求力が無いという。

「この薄揚げと筍の組み合わせに『嵯峨野』とか『祇園』とかいう名前をつけるんや」

忠志は特に反対しない。そんなことはどうでもいいと思っているからである。忠志は味のことしか頭にない。しかしそれくらいならすぐにやろうということになった。

シールを作る機械があるので簡単だ。

和子は「嵐山」とか「貴船」もええと思うけどどと言った。

「なんでや？」

「いかにも京都らしいやん」

このあとしばらくこの話で盛り上がり東山や知恩院など知っている京都の名前が次から次へと出た。

三千院や小倉あるいは宇治などの名前が出たが地名はともかく寺の名前は名前の使用権を巡ってあとでもめる可能性があるので結局厚めの薄揚げには嵯峨野そしておつまみセットには貴船という名前に決めた。

売れ行きの良いセットだけ名前をつけることにした。

この夜は新商品の名前を巡って久し振りに家族が楽しく過ごした。


しばらくしてどこから聞きつけたのかは知らないが二駅ほど東にある魚崎《うおざき》という駅の近くの立ち飲み屋からおつまみセットを毎日十セットずつ入れてくれと連絡があった。

ここの立ち飲み屋はワインやウイスキーもおいてあるが主に灘の地元の酒を売る店で通の人にはそれなりに名を知られている。

セルフサービスになっており自分で一升ビンからコップに注いで好きなつまみを取って金を払う。

もちろんビンだがビールも置いてある。立ち飲み屋とはいいながら奥の方には簡単なパイプ椅子が置いている座れる席もある。

これは都合がよかった。立ち飲み屋は夕方から始まるのでこの店用の商品の仕込みは昼からでよかった。

本業の豆腐屋は昼前後までが忙しいがそれが一段落すると少しヒマになる。この時に作るのだ。その代わり昼寝の時間が取れなくなった。

これまでは朝早くから豆腐造りに励むので、朝は四時前に起きて店に出る。午後は昼寝の時間だったのである。

いつもは店の奥の方で椅子に座って仮眠する。それができなくなった。ただ忙しくなった割には儲けはたいしたことはなかった。

作る数が多くなかったこともあるからである。それでも限界利益は出ているので損はしていない。

「なんか惣菜屋みたいやね」和子が嬉しそうな顔をして言う。売れるからである。

忠志も同じ思いだが忙しい割にはなにか物足りなさを感じていた。

目指していたものと違うからである。狙っていたのはプリンである。今作っている惣菜の詰め合わせなどはどこにでもありそうなものだからである。ただ品数が多いのと酒のアテとして作っているので中身が違うだけだ。

似たようなものなら惣菜屋に行けばいくらでもありそうな気がする。何が違うのかよく分からない。少量ずつ入れたのがよかったのかもしれない。まあ売れているから文句はない。

分かっていたつもりだが商売とは不可解なものである。

なんと駅北の大手のスーパーからも引き合いがあった。こちらから売り込むのではなく向こうの方から言ってきたのである。しかしここは値引きも厳しいがそれ以上に衛生管理が厳格である。おつまみセットにいれる素材も限定された。毎日八個は販売を保証してくれるが店頭に並ぶのは七個だけである。残りの一個は店の奥の冷蔵庫に保管される。食中毒などがあった場合には保健所でこれを検査するのである。

忠志はおつまみセットだけでなく豆腐も取り扱ってほしいと訴えた。だがこんな高いものは売れないと返事はつれなかった。

「一丁三百五十円で売っているのもあるやないですか」忠志は食い下がった。

仕入担当の人は、

「お客さんは安い方しか買いませんよ。それにウチでは四十パーセントのマージンを載せますのでお宅さんでは難しいでしょ」と言われた。たしかにそうである。

もし三百円で納入しても売値は四百二十円以上になる。これでは売れない。

一方おつまみセットの納入価格は二百二十円である。これを二百八十円で売るらしい。この場合スーパーの利幅は三十％もないが売れるという前提で進んでいるので先方はそれで納得している。

こちらから売り込もうとしている豆腐にはしっかりと決められたマージンを取る。したがって二百二十円以下で収めなければならない。

これでは利益が出ない。

売る手間が省けるもののそれくらいなら自分の店で安売りしてでも売った方がよい。

結局豆腐については納入を諦めた。

四　執念

忠志はまだプリンを諦めていなかった。

中途半端に終わった豆腐プリン作りはまだ試作を続けている。甘さをさらに抑えてにがりも少なくした豆腐プリンにジャムやお客さんから言われたみたらしのタレをプレーンな味の豆腐プリンに乗せたりした。

これなら豆腐本来のうまみや風味を残しながら甘味もトッピングで維持できる。

このときにがりのかすかな塩辛さが上に乗ったジャムやみたらしのタレと合うような気がした。ジャムはイチゴジャムとブルーベリージャムにした。これはきっと受ける。

「どうや？」忠志は佳苗と和子に言った。

「みたらしのタレの方がええように思うけどジャムはもうひとつやなあ」と佳苗は言った。

「みたらしのタレは醬油味やからまあええけどジャムのほうはどっちもおかずかおやつかおつまみか分からへんわ」と和子も似たようなことを言う。

言われてみればたしかに訳の分からない味だという気もする。

迷いながらもこれらを店に並べたがやはり売れなかった。

佳苗が「味はそうかもしれへんけどこの小さなプラスチックのスプーンではなんかまだやっぱり普通のプリンを食べてるみたいやなあ」と言う。

「酒のつまみにするんやったらそれをこのかわいらしいスプーンで食べるというのはやっぱりちょっとおかしいわ」和子もそう言う。忠志も言われてそう思う。と言って大きめのスプーンに変えてもあまり変わりがないような気もする。

大きいスプーンにするとコストが上がるが思い切ってプラスチック製だが大きなスプーンを付けることにした。

売上に変化はなかった。本体とあまり関係がない。発想はおまけつきお菓子とたいして変わらない。子供ならおまけにつられて買うかもしれないが大人は違う。関西人は特にこの辺は厳しい。コストパフォーマンスの意識が強いのだろう。

高級なお菓子なら見栄えのする付属品を付ければ買う人もいるだろうが所詮プリンである。そんなに高い値段は付けられない。限界があった。

スプーンは止めにした。

おつまみセットがそこそこ売れ続けているのでプリン作りという道楽を続ける余裕はあった。

次に挑戦したのは豆腐ボールである。これは上新粉に豆腐を混ぜて団子状にしたものを熱湯でさっと茹で上げ一旦冷水に晒す。これにみたらしのタレを上からかける。

このタレは醤油を多くした。またこのボール状の物には抹茶を練り込んだ。爪楊枝も普通の丸い棒状の物ではなく木の皮の残った少し高級感のするものにした。高級な和菓子によくついているものである。抹茶と雰囲気的に合うと考えたのである。

これも上新粉と豆腐の比率をいろいろと変えてみた。豆腐の割合を多くすると固まりにくいからである。固まりやすさと歯ごたえのバランスがポイントとなる。

これも少しは売れた。それでもおつまみセットほどではない。

上新粉を白玉粉に変えたりもしたが大差はなかった。

立ち飲み屋に持って行って置かせてくれと頼んだ。三日間は無料にする約束で五個を置いた。

四日目に行くと大きさはこれで良いのでドーナツ風にしてほしいと言われた。飲み屋に来るお客さんから言われたというのである。

ドーナツ風にしたものなら金は払うということである。呑ん兵衛は一見してそれと分かるようなお菓子風の物を食べない。どういう意味かというと油で揚げたものにしてくれということである。形は豆腐ボールで良いがそれをがんもどき風にした。

ようやく反応があった。忠志はやったと思った。

またしばらくして豆腐ボールの方はみたらしのタレではなくソース味にした方がよいとも言われた。数は十皿である。一皿に五個入っている。酒のつまみにちょうど良いとのことである。

売る方は気楽でよいなと思ったが客の要望を受け止めてくれるので作る方はその要求に応えてさえ

おればよかった。

小売の方は売れ筋を把握し作る方はその動きに対応すればよい。忠志の店のように製造と販売を一括してやるのがよいとは限らない。ある程度分業（これを分業と言うのかどうかは分からないが）した方がよい場合もあるのだ。忠志の店ではいろんなものを作り一方立ち飲み屋では売れ行きを試すことができる。豆腐屋にすれば立ち飲み屋はまあいわばアンテナショップのようなものだった。


面白くなってきた。

調子に乗って青汁入りの物も作ってみた。

健康志向に合わせたつもりだった。しかしこれは店でも立ち飲み屋でも評判は散々だった。粉末の青汁を入れたがこんな青臭いものはダメだとも酒の味が変わるとも言われた。

健康を重視する時代に合っていると考えたが酒のみはそんなことは考えないようだ。

健康第一に考える人はそもそも酒など飲まない。


次に豆腐餅というものを考えた。これは上新粉の量を増やしてその分豆腐の割合を減らして餅らしくした。これを茹で上げその上にキムチを乗せた。もうこうなってくるとなんでもやってやれと言う感じだった。

この豆腐餅にキムチを乗せたものもそこそこ売れた。これはむしろ店で売れた。おかずとしてよいという。もちろん立ち飲み屋でも売れた。

キムチ味が酒に合うみたいだった。


さらにはフランクフルトに挑戦した。業務用の長さ五センチくらいの小さめのウインナソーセージを竹の串にさし豆腐と上新粉を混ぜた衣を巻きつけてサラダ油で揚げる。

この衣を厚くした。

これが案外難しい。油で揚げる時に衣が剝がれてしまうのである。少し低温で揚げる必要がある。またソーセージに衣を巻きつけるときの衣の水分が多いと剝がれやすくなるのである。

衣の水分を加減するとともにソーセージに穴をあけた。

この穴あけは案外簡単だった。

大根おろし用のおろし金を二つ合わせてその間にソーセージを挟み押さえつけるだけである。この程度の穴をつけることにより衣が着き易くなった。

これは穴と言うより多くのちいさな凹みである。ソーセージの全周に穴を付ける必要はなかった。衣を巻き付けたものを低温の油で揚げる。なんのことはない。アメリカンドッグの豆腐巻である。

しかしフランクフルトと言うことにして売った。

できあがったものにケチャップかマスタードを付けて出す。

豆腐屋としてのプライドもあって「こんなもん」と忠志は自分で作りながらも最初はバカにしたがそんなことはなかった。

立ち飲み屋の店主は「あれなかなかええで」と言ってくれた。

忠志は当然味のことだと思ったが彼が言うには片手で食べられるのがよいというのである。「何だ」と思ったがしかし悪い情報ではない。商品の評判などこんなものかもしれない。

この立ち飲み屋では狭いカウンターに人が集まる。混みだすと中には半身になって飲んでいる人がいる。この時に片手で食べられるのが手軽で良いのだと言う。またこれにお好み焼きソースをかける人が多いという。この店ではソース、醤油とからしやワサビはカウンターに適当な間隔で置いてある。客がセルフサービスでこれらを使う。

酒のつまみにはある程度塩辛さがないと物足りないそうだ。


「分からん。酒のみの気持ちはよう分からんわ」家で呟いた。娘は、

「世の中はそんなもんやで」とまた生意気なことを言う。

娘のもの言いにちょっとひっかかるがたしかにそうである。間違いではない。

豆腐プリンもそうかもしれない。

いけそうだと思ってはじめたが世のなかそれほど甘くはない。自分の独り合点だったかもしれない。大手のメーカーでは大々的なマーケットリサーチとかをやってもうまくいかないのによく調べもせずに始める方がおかしいのかもしれない。

おつまみセットもそれなりに売れているし立ち飲み屋向けの単品も出ている。道楽もこの辺が潮時かもしれない。

しかし諦めきれないのが豆腐プリンだ。

これは中断することにした。止めるのではないしばらくおあずけだ。無理することはない。自分にそう言い聞かせた。

五　好事魔多し

思うようにならないのが世の中だとどこかで聞いたことがある。どこだったか忘れたがウンたしかにそうだ。トライしたプリンはうまく行かなくて期待せずにはじめたおつまみセットがそこそこ売れている。あんなものはおかずを組み合わせただけだ。豆腐と関係ない。自分は新しい豆腐を創りたいのだ。

分からないものだ。

十二月も半ばを過ぎて年末の忙しい時期に入った。もっとも豆腐屋はそれほど忙しくならない。冬季だから湯豆腐をするために少しは出るが忙しいときに湯豆腐を作る人は少ない。

おせち料理には保存がきかない豆腐などは使わない。代わりにがんもどきや厚揚げ、うす揚げが売れる。今年はそれに加えて豆腐入りのフランクフルトや豆腐餅を用意した。厚めの薄揚げ『貴船』も並べた。これらは売れた。おつまみセットは結構売れる。

この時期に出回る本格的なおせち料理のセットに比べればはるかに安いし目新しいのかおせち料理の代わりとして売れる。

少人数の家庭ではこのおつまみセットを二、三個買えば正月はそれで過せる。伊勢海老などは見栄えはよいが大して食べ応えがあるわけではないし嵩張《かさば》るだけだ。鯛の塩焼きも最近の魚離れのせいか人気はないようだ。

しばらくしてなんでこんな時にと思うことが起きた。

機械が壊れたのである。できた豆乳ににがりを加えて混ぜる機械のシャフトが折れた。震災前に購入したものでもう三十年は過ぎている。しかし寿命にしては短い。攪拌槽のインペラーとモーターとの連結部が折れた。しばらくそのまま使ったときに折れたシャフトが攪拌槽に当たりその部分も変形している。修理を頼もうにも製作した会社は既にない。まあそこに頼まなくとも普通の機械加工の会社でできそうだと思って機械修理の会社を呼んだが食品機械はできませんと言う。

製品がステンレスでできているので特殊な溶接が必要だと言う。よく知らないがチグやミグ溶接と言って特殊なガスと材料がいるらしい。

近くの大手の製鐵会社の子会社で機械のメンテナンスをやっているところがありここならできると言う。しかし年初でないと人の手当てがつかないと言う。年末までまだ一週間以上はあるというのに。

幸い粉砕機と圧搾機は問題ないのでこれは使える。故障は攪拌機だけである。これくらいなら人力でやるしかない。

大豆を煮沸する大きな鍋を使うことにして人力で撹拌する。大きなヘラを使うのだが熱いし結構力がいる。またこの撹拌はゆっくりやらねばならない。にがりの量とも関係があるし経験が必要だ。妻の和子に手伝わせるが慣れていないせいか要領が悪い。二人ともへとへとになった。

何とか年末は乗り切った。立ち飲み屋とスーパーに収める品は確保したがさすがに店売りは数を減らした。

立ち飲み屋は十二月は二十七日までだったがスーパーは大晦日まで営業するのでその日まで作って納める。年始は四日からである。

撹拌機の修理も四日からである。修理屋は大手の子会社であるから年末年始はしっかりと休む。

修理は材料のステンレス棒の手配を含めて一月の八日までかかった。その間は相変わらず手作業である。

食品製造では一日のはじめと終わりには必ず機械の清掃、洗浄を行う。これは鉄則だ。

これを念入りにやった後試運転を終わり、さあと言う時にまたトラブルが起きた。

妻の和子が過労で倒れたのである。年末年始に無理をしたのがたたった。忠志の目の前でへなへなとして倒れた。

忠志は向かいの八百屋に店のことを頼むと和子について行った。

救急車で運ばれたのは六甲山の中腹にある私立の病院だった。長い診察の後一週間の入院が必要と言われて愕然とした。

過労くらいなら家で安静にしていれば済むのにと考えたが医者は肺に影があるのでよく検査したいと言う。しょうがない。しかしここに行くにはバスしかなく忠志は軽四輪のトラックは持っているものの佳苗は免許がなく運転できない。

したがって見舞いもそれほど行けるわけではない。それに佳苗はもうすぐ受験だ。

頼み込んでここより東の住吉川の近くにある病院を紹介してもらいその日のうちにそこに入院させてもらうことにした。ここについたのは夜も遅かったがとにかく落ち着くことができた。

ここは清流が流れるきれいな川で流域では鮎が泳いでいる。最近建て替えられたので空きのベッドがあったのである。ここならＪＲでも私鉄の電車やバスでも行けるので佳苗にも頼みやすい。

完全看護とはいえ洗濯物など運ぶ必要があるし女性特有の用事もある。

「お母さん。無理のしすぎよ」

佳苗はやはり女の子である。優しい。和子は「お父さん大変な時にごめんなさい」と済まなさそうに言った。

忠志は「大丈夫や。心配せんでもええ。ゆっくり休んだらええ。その間休みにするわ」と言い何とかなるという気持ちだった。本音を言えば忠志もいちどゆっくりと休みたかったのである。

立ち飲み屋の亭主は理解があったがスーパーの担当者は苦虫をかみつぶしたような顔をして「やっぱり個人商店では難しいですね」と半分は同情、半分は嫌味を言われた。

くそっと思ったが迷惑をかけたのはこちらのほうである。素直に謝るしかなかった。

『誠に勝手ながらしばらくの間休ませていただきます』と店の前に張り紙をして休むことにした。

「山村はん。大丈夫でっか」休業の張り紙を見て商店会の会長が来てくれた。

「家内が過労でしばらく入院ですわ」

「無理させたんとちゃいまっか」

忠志はおおよその話をしたが会長はそれを聞いてほかの店も同じようなことが起こりうるのではないかと危惧していた。

「だんだんこんなことがふえるんやろなあ。保険は入っているんやろ？」と心配してくれる。

「共済に入っているんで助かりました。入院したら一日に五千円が入りますねん」

「そやけど商売の金は入りまへんがな。病院の方はええとしても生活の金がいりますやろ」

たしかにその通りだが一週間くらいなら何とかなるとも言っておいた。

会長は「ウチもいずれはこうなるなあ」といって深刻な顔をしていた。

会長の家は和菓子屋だ。ここも経営は厳しい。

駅の北の商業ビルの中にはスーパーのほかに洋菓子の有名店がならんでおり進物用などは多くの人はここで買う。包み紙や詰め合わせの箱が目当てだ。第一見てくれがよい。高級感を買っているのだ。

和菓子の詰め合わせなど法事の時か年寄り向けの進物にしか使わない。

たまにカルチャー教室でやっている茶道の会で和菓子を使うが果してどれくらいの数が売れているのか。

会長が同情してくれるのはありがたいが弱いものが集まって嘆いていてもどうしようもない。メダカがいくら集まってもクジラにはなれないのと同じである。


一月の中旬には大学の共通一次試験が始まる。佳苗に心理的な負担はかけたくない。今は大事な時だが佳苗は一切うらみがましいことも言わず日々を過ごしている。「自分でちゃんとやるから心配せんでも大丈夫や」と言う。我が子ながらシンの強い子だと思う。親を思う優しさが備わっている。


和子は肺結核であった。

いまどき珍しいがかつては日本人の死因のトップだったこともある病気だ。医者は体力を温存し栄養をつけておれば今はよい薬があるのでそんなに深刻に考えなくとも大丈夫だと言ってくれた。

ただ半年に一度は詳しい検査をしたほうがよいとも言った。

忠志も佳苗もほっとした。

一月の八日には一応終わっていた機械の修理も完全に終わったのは一月の終わりだった。

また和子も店に復帰することができた。忠志は和子の健康状況に最大限の注意を払うとともに自身も健康維持を心がけた。

一月の終わりになって佳苗は西宮にある短期大学を受験した。

ここの入試は本来はもっと早いのだが追加の入試があったのである。こちらは私学であるがもちろん四年制に比べて半分の時間で卒業できる。

一応滑り止めのつもりで受けたがここは四年制の大学と短大の両方が同じ敷地内にあるのが特徴だ。例は少ないが短大から四年制に編入もできるのだそうだ。忠志は事情が好転すれば大学に行かせてもよいと思っていた。

だが佳苗には既にその気はないみたいである。

ここなら家から通える。電車で片道三十分ほどだ。佳苗は親の負担も考えてここを選んだようだ。

一生のことだ。後で後悔することにはならないか心配だった。

「それでええんか？」

「うん。心配せんでも大丈夫や。ちょっとだけ迷うたけどもう決めたことやから」

佳苗は明るく笑顔で言った。親を気遣っている。

忠志はそれ以上何も言えなかった。

『すまん』と口の中で呟いた。

佳苗は佳苗で短大なら私学でもなんとか親に我慢してもらえそうだと思っている。アルバイトもする覚悟だ。二年して卒業すれば幼稚園の教諭と保育士の資格が得られる。

授業料も大学に比べ少し安い。

二月の終わりに国公立の大学の二次試験があるのでそこはもちろん受験するが佳苗には実力的にかなり厳しいので短大に目標を定めたようである。

高校の先生にもそうした方がよいと言われたそうである。

佳苗は小学校の先生になるのを諦めて保育園の先生すなわち保育士になることに決めた。自身の夢から外れるが先生には違いない。

また相手にする子供は小さくなるが子供相手の仕事に変わりはない。もともと小さい子供が好きだからちょうどよい。

いろいろと迷った挙句の果てであろう。忠志は仕方がないと思った。娘なりにいろいろと考えて決めたことだ。

親に力がないのが申し訳なかった。

もしこの上何かあれば、例えば忠志自身が病気で倒れるとか事故に遭うとかいうことになればたちまち一家は行き詰まる。

一家の責任者として万が一と言うことは常に考えておかねばならない。

去年は楽観的で前向きだったが人間は一旦弱気になると悪いことばかり考える。

せめて短大だけでも余裕を持っていかせてやりたい。
国公立の大学の入試はまだだが短大の入学金は払っておいた。
佳苗はこれで安心できるだろう。

商店街の入り口近くにある小さな稲荷神社で手を合わせた。祈りたいことはいっぱいあった。和子のこと、佳苗のことや商売が続けられることなどである。プリンのことは祈らなかった。これはなるようにしかならない。
今しばらくはあきらめよう。

幸いなことに短大は受かった。まあ通るとは思っていたがやはりうれしい。佳苗の顔に笑顔が戻った。忠志も和子も同じだ。短大とはいえ大学生だ。親には小さい時のイメージしかないがよくここまで成長してくれたと感慨深い。

六　病気みたいなもの

和子のことではない。少し落ち着くとまた何か新しいことをやりたいと思うようになった。懲りない男だ。自分でもそう思う。もっと若い時ならまだしもなんでこの歳になってからやりたいと思うようになったのか。

高校を卒業して親父の跡を継ぎ今まであまり深く考えずに商売を続けてきた。人生なんて大げさに考えたこともなかったしそれでもまあまあ順調に生きてきた。しかし娘が成長するにつれ自分の一生がこれだけかと思うようになってきた。なにかほかにできるものがあるのではないか。これだけで終わりたくない。

高校時代の同級生のなかには会社勤めのあと起業しコンピューターソフトの会社を立ち上げた男がいる。いまやその世界では結構有名人になっている。アメリカに別荘を持ち時々出かけている。忠志には想像できない世界に住んでいるのだろう。

それだけではない。同好の士とギターとアコーディオンのジジイバンドを組んで昔の歌謡曲の演奏を通じて市内の老人施設を慰問して回るほか短歌を作り歌集も出している。

この男は何かにつけて才能があった。

昔から凄いやつだと内心思っていた。彼ほどでなくとも自分も少しは何かをやってみたい。やれるかもしれない。

それが成功しようとしまいが普通の豆腐屋だけで終わりたくなかった。この前の和子の病気をみて自分もいつかはこのようになるかもしれないと気がついた。

もちろんまだまだ先だとは思うがまだ元気なうちに何かをやっておきたい。

臨終が近づいてからベッドの上でそんな気持ちになりたくない。そうなってからでは遅い。しばらくはそんなことばかり考えていた。

彼のほかにも同級生で才女がいた。勉強もよくできたがスポーツのほかにアコーディオンが上手で何をやっても光っていた。

母親しかいなかったので大学までは行かなかったが今はどうしているのか。

天は二物を与えずと言うがそんなことはない。何でもできる奴はいるのだ。みんなに見えないところで努力はしているのだろうが。

自分は勉強も体育も並以下だった。頭も運動神経も悪かった。

何ができるかと言えば今となっては豆腐作り以外には何の取りえもない。

しかしこのたった一つの技能を生かし何か一つ御影名物となるようなものを作ってみたい。それならできるかもしれない。

せめて地域の人に褒めてもらえるようなものを生み出したい。

やっぱり年をとったのかなとも思う。今までこのようなことを考えたことはなかった。

しばらくはグダグダとこんなことばかり夢想していた。


駅北のスーパーの中にはお茶屋があった。

といっても茶店ではない。お茶の葉を売る店だ。いつもは高いお茶など買わないがある日そこでお茶の試飲をやっていた。粉末緑茶と言う。グイのみの湯のみでいかにも濃さそうな色をしたお茶である。

苦いかなと思いながら飲んでみたが爽やかな味がする。それほど苦くもない。香りもよいし少しだが甘みもある。

訊けば茶葉を粉砕しそのまま淹れたと言うのである。抹茶と似たようなものであるが抹茶用の茶葉とは違うのだそうだ。素人には分からない。栄養価は高いらしいし何よりも安い。

店の人は普通のお茶なら使い終わったあと茶葉を捨てなければならないがこれは茶葉ごと飲んでしまうので捨てる手間が省けるメリットもあると言った。飲む時に逐一作って淹れれば香りが強いらしい。

また普通の家庭にあるお茶を粉末にすれば簡単にできますよと言われ手回し式のコーヒーミルのよ

うなものを勧められた。

一台購入し家でこれを試した。

できたものを豆腐に入れてみた。それほど渋くもならないし甘くもならない。豆腐餅や豆腐フランクフルトの衣に混ぜると爽やかな香りがして味も少し苦味が残り丁度よい。

難点は茹でたり油で揚げたりすると茶色く変色することである。豆腐フランクフルトの場合は変色しても気にならないが豆腐餅の場合はみたらし団子のような色になり少し興ざめする。

しかしこれも立ち飲み屋では売れた。すこし苦みと渋みが残る方が酒のアテにはいいらしい。原料は安い茶葉であるからコストは気にならない。使う量も多くはないのでたいしたことはない。

ただ微粉になるとかえって水に溶けにくいというか分散しにくいのでよく攪拌しなければならない。

それでもダマのような小さなツブツブになって残る。いろいろと試したが粉末緑茶をフードプロセッサーにいれて少し攪拌したところで水を加える。

また攪拌しどろっとした溶液を作る。この溶液を餅やフランクフルトの衣に練り込むのである。それでも均一に溶け込まない。難しい。

しかしなんとまあこのまだら状態がよいというのである。この溶液の濃い部分が縞模様のようになってしまうがこれが情緒があると言う人がいた。

こんなものがなんで情緒や風情になるのか知らないが徹底して均一化する必要がないというので作る方は楽である。

またコリ性というか工夫の虫が頭をもたげてきた。粉末化に長い時間をかけるとたしかに粉は細かくなるがかえって水に溶けにくくなるし香りも弱くなる。粗い粉末だとなめらかさが失われる。一方でツブツブ感が残る方がよいとも言う。適度な粒子の大きさがある筈だ。

どこかで粉末の粒度を調べてもらえないかと思い区役所に行き訊ねた。解析や分析をする民間の会社はあるがそれよりも安くて県民が利用できる県立の工業試験所を利用した方がよいとアドバイスをもらった。

神戸市の西方に工業技術センターがある。ここは多くの博士号を持った研究者と高価な最新の機器を擁する一大研究機関である。受付で依頼内容を告げると分析試験の担当者を紹介された。

粒度は調べることができると言う。いろいろな方法があるがこの程度なら光散乱粒度測定器で簡単に測定できると言う。

透明な薄い石英のガラスの板に特殊な液を吹き付けてその上から茶葉の粉末を軽く散布するのである。これを分析装置の中に入れ特殊な光を照射すると光が散乱しその反射光や透過光に斑点のパターンができる。その模様から粒度分布が分かると言う。

光を照射した後はすべてコンピューターで処理する。コンピューターの画面にグラフが映し出されプリンターで印字される。

その装置の利用料金は一時間で千円以下である。広々としたきれいな部屋に立派な機械が置いてあるので随分高くつくと思ったが想像していたよりも安い。

立派な建物に高学歴の研究員や高価な機器があるがあまり利用されていない。公立だからこそ運用できる。民間ならすぐ潰れるだろう。

ただこんなに安いと思ったのは早合点だった。これは機器使用料であって基本的にはすべて自分でやらなければならない。安いと思ったのは使用料の値段だけだ。

自分でやるには使用の研修が必須でそのための費用が別途かかる。全部やってもらうには依頼試験となりこれは高額だ。

依頼しようかどうかと躊躇していたら研究員が見かねてつきっきりで対応してくれほとんど研究員がやってくれた。

この研究員だけがこんなことをしてくれたのかどうかは分からないがまあ親切だった。

この時に知ったのだが粒度と言うのは一つの数値で表せないそうである。

どういうことかと言うといくらの数値の粒度が何%あるかと言うだけでそれがすべての粒度の大きさ毎に%表示されるのだ。

こちらはそんなことまでは考えていない。

大体がこれくらいの大きさだと言うことが分かればよいだけだがエライ人はそれは正確ではないと言う。またそれを知るにはかなりの分析作業が必要で時間がかかるとまで言った。

堅苦しいことを言う人だ。大体が分かればそれで良いと思っているのでおおよその分析で辛抱した。

結果はあまり参考にならなかった。およそ〇・四ミクロンから四十ミクロンくらいと言われたのである。想像していたよりはるかに小さい。粒度の異なる二種類のサンプルを持って行ったがどちらも同じ粒度という結論だった。

「それはおかしいですよ。こちらの方は二倍の時間をかけて粉砕したんですからね」と言ったが研究員は「粒度分布の拡がり具合が違うんですよ。片や細かい粒子が多いしもう一方は粗い粒子の粒が多いというだけで粒度の拡がりは同じなんですよ。それにサンプルもたくさんある中から一部を取り出すだけですから本当に全体を代表しているかどうかは分かりませんのでね」と言う。

「こちらは平均値を知りたいだけなんですけど」研究員はしょうがないなという顔をしてホワイトボードに絵を描いて説明してくれた。

「お宅様の言われるのは正確にはメディアン値と言うものでこの辺の数値が必要なんですね」と言った。

「そうです。平均値です」

研究員はなおも「平均値とメディアン値は正確には違うんですよ。まあ普通はガウス分布をしているようですから大きくは変わりませんがね」

何だか難しい話になったが忠志は良く理解できず学術的に正しいかどうかよりも普通の人間に通じればそれでよいではないかと思っている。

象牙の塔の中で論じるにはそれでよいのかもしれないが素人にはそれなりの説明の仕方があるではないかと思った。

『あんたらはそれで給料をもらえてええなあ』と腹の中で思ったがそれを言ってこんな所で喧嘩してもしょうがない。相手は親切に教えてくれているのだ。

ふてぶてしく仏頂面で「はあ」と答えた。

正確な平均値を知るには分析依頼をするのだが大体が分かったのでこれでひきあげることにした。装置の使用時間も二時間をはるかに超えていたがその研究員は請求書に一時間としか書かなかった。研修の時間も書かなかった。したがって千円でおつりが出た。


何だか余計な時間を費やしたなと思いながらもこういう世界があることも分かった。

粒度が分かったにしてもどれくらいがよいかどうかは分からない。

要は自分の感覚で確認するしかない。あんな検査や分析の世界での数値の論議はそれはそれで有意義なのかもしれないが最終的には人間の舌に頼るしかない。

機械装置に分からない数値があるのだと思った。逆に食品の世界には物理的な数値ではなく感性という別の指標があり奥の深い世界があるのだ。そこに職人の生きる道がある。


幾分回り道をしたが再び粉末緑茶の利用の開発に取り組んだ。

高度な分析までしたがあまり進展はない。

細かく粉砕することばかりを考えていたが先述のようにむしろ若干のツブツブ感を残した方がいいと言う人もいる。この場合は逆に十分に粉砕した方がよく混ぜるときに適当にダマになり易いというのも分かった。

結局は人間の舌だ。これに勝るものはないというのが結論だった。というか食べるものだから最終的には人の感性に頼るしかない。

自分の舌を信じることにした。

もちろん佳苗や和子は有力なモニターである。彼女等は、特に佳苗は言いにくいことも平気で言うしそれが勘にさわることもあるが批評は的確である。

まあ大体は言っている内容に大きな間違いはない。思えば成長したものである。


大阪の北の方に滝と紅葉で有名な箕面《みのお》というところがある。ここの名物にもみじの天ぷらというのがある。

もみじの葉を塩漬けにして軸をとりあく抜きして天ぷらにしたものである。忠志も昔一度食べたことがある。

もともともみじには味が無い。衣についた小麦粉と砂糖の味で食べるのだ。

ある日テレビを見ていた時にふと思い出した。本物はもみじ葉を下処理するのに手間ひまがかかるようだがもっと簡単に豆腐餅の材料を利用して作れないかと考えた。

もみじの葉を準備するのなら大変だが白玉粉に豆腐を混ぜたものなら簡単だ。

もみじの天ぷらはおやつとして売られている。カリッとしていてほのかな甘みがある。

薄味でおやつになる。

これだ。これを作ろう。

本物は小麦粉を使うようだがまずどの粉が適しているかから確認しなければならない。

小麦粉、白玉粉、上新粉などを試したが薄力粉が適していた。

砂糖と薄力粉さらには豆腐を混ぜて薄く板状に延ばす。百円ショップで買いもとめたクッキーの抜き型で一つ一つ抜いていく。

もみじの型を探したが動物の型は多いが木の葉の型はない。仕方が無いのでステンレス製の星の形にする。

これをサラダ油で揚げたがレシピに書いてあるように油切りが面倒だった。

本物では油切りに半日から一日かけると書いてある。これをきちんとやらないと少し時間がたつと油が衣に戻りカリッとした感じが出ない。

油で揚げた後しばらく網の上で簡単に油切りをしてそれから野菜の水きり器に入れる。野菜を入れた中の容器を手回し回転させて遠心力で油を切る。

このとき多量の天ぷらを入れないことと手早く回転させるのがコツであることも分かった。

ちょっと油の残ったポテトチップスのような感じになる。軽く塩をふりかければ完成である。

油切りを十分すると手でつまんで食べる時も指が汚れにくい。

薄揚げを堅く揚げたような感じである。

油が入っているので完全なダイエット食品にはならないがちょっとくらい食べ過ぎてもカロリー過多にはならないだろう。

「キラキラ星」という名前をつけて店に並べたが残念ながら売れ行きは可もなく不可も無くという感じだった。

七　エコロジー

食品の食べ残しが問題になっている。忠志は裕福な家に育ったわけではない。小さい頃は食べ終わった時にお茶碗にご飯粒が残っていると父の宗助から良く叱られた。

その時の癖がついているから勿体ないことはしない。

粉末緑茶を宣伝していた人が茶葉が残りませんと言っていたことをふと思い出した。

豆腐も同じではないかと感じた。


毎日毎日豆腐作りで出てくるおから。

ある程度は味付けして売るが多くは産業廃棄物として処理する。

あれを有効利用できないか。粉末緑茶と同じように徹底して粉末にしてそのまま食べられないか。

お菓子にしてもよいし料理の材料にしてもよい。

最近ではスーパーに行くとおからパウダーなるものも売っている。細かなパン粉ほどの粒子でわずかに大豆の味はするがたいしてうまいとは思わない。用途にはポテトサラダにふりかけるか味噌汁やシチューさらにはカレーライスやおひたしにかけると書いてある。

食物繊維が豊富で健康に良いと謳っている。しかし成分分析表をみるとタンパク質は二十二・五％で炭水化物は五十八％と結構多い。もっともそのうちの八十七％は食物繊維でたしかに繊維質だらけだ。

これは美容にいいだろう。

これをなんとかできないか。

前に買ったコーヒーミルのような粉砕機でおよそ一時間ほどかけて粉砕した。

ドライ状態でやったのでミルから粉末を取出す時にまるで浦島太郎の玉手箱のようにもうもうと煙のようなものが立ち上った。

粉末ではまた食材に練り込む時に苦労するので最初から水を混ぜて粉砕した。

発泡したが十分ほどすると粘りのある液体ができた。

これを白玉粉に手作業で混ぜる。この混ぜたものと液体単体をオーブンで加熱しお菓子を作る。砂糖は少しにした。

できあがったものはクッキーかビスケットのようなものだった。硬く焼くと昔あった乾パンのような味がした。

甘ければお茶席のお菓子として使えるがこれは甘くないのでなんとなく中途半端なお菓子だ。だが恐らくカロリーは低いので食べ過ぎてもたいしたことはない。

ダイエットのおやつ「おからクッキー」と名付けて店に並べた。

「いろんなもん作らはるのやねー」お客さんは奇異な目で見ている。

「繊維質は多いし健康食品でっせ」と声をかけた。

『痩せられまっせ』と言おうとしたが相手の体型を見て思わず口をつぐんだ。

そのお客さんはしばらくじっと見ていたが一袋を買ってくれた。

ウチは豆腐屋である。決してお菓子を作るつもりだったのではない。はずみである。

しかしまあ売れればそれでよいと思うことにした。

これを和風にして小さな煎餅というかおかきのようなものも売った。名前は煎餅でもおかきでもどちらでも良かったが本来は両者の違いは材料に基づくらしいがこれは材料はおからであるからどちらにも属さない。

結局おから煎餅として売ることにした。

いずれにしてもローカロリーである。

しかも不思議な食感である。

なんだろうこの味は、と思う。

おからクッキーは洋菓子にしたので甘口であるが甘い煎餅はそれらしくないので醤油味にした。但し薄めである。

焼き方によるのだろうか。

外は硬いというかパリパリしているが中は噛むと弾力がある。別に意識して焼いたわけではないがそのようになっている。

焼き方を変えても食感はそんなに変わらない。あえて言えば最中に似ている。あの最中の皮をうんと硬くしたような感じである。また最中ほど中が柔らかいわけではない。

粉末おからの粒子を細かくしすぎたからかもしれない。焼くときに内部の水分が閉じ込められ中が柔らかくなったのではないかと勝手に理屈をつけた。

珍しい食感であるが果して売れるかどうかである。若干噛んだときに歯にへばりつくのが気になる人は食べないかもしれない。

ゆべしという半生菓子があるが幾分感じが似ている。あれの外側に少し硬めの皮をつけたようなものである。しかしあれは甘い。

いっそのこと中に餡を入れたらと考えた。

家で佳苗に訊いた。

「なんやこれは」

娘は遠慮せずに言う。

「醤油味で和菓子かなと思うたら外は堅いし中はグニャグニャしてるしマアほんまけったいな煎餅やなあ」

忠志は自信作ではなかったので酷評は気にならない。

しばらくすると娘は、

「これ煎餅やと思うからおかしいねん。新しいお菓子やと考えたらどうやろ」

「餡をいれたらどないかな？」

「たしかにちょっと甘みをつけた方がええかも分からへんけど餡をいれたら甘すぎると思うで」

そうかもしれない。あんまり甘いと煎餅ではないような気もする。旅館に着いたときによくテーブルの上においてあるようなお菓子にしたかったのだが。

お茶うけにできるようなものが狙いであった。

食品開発は難しいが楽しい面もある。

しばらくあれこれと考えたが一つの考えにまとまらなかった。

結局これも売れるかどうかを検討もせずに店先に並べた。売れ行きはもうひとつだ。

立ち飲み屋には当然煎餅などは置かない。


薄くしてできるだけゆっくりと焼くと硬めの煎餅ができる。ローカロリーだと言うだけでこれだけでは特長が無い。糖尿病患者向けだと言って店に置いた。

これは謳い文句が悪かったようだ。糖尿病向けと言えば何か薬のように思えたのか売れ行きは芳しくなかった。


次に二センチくらいの厚みにして中に餡を入れた。これはそんなにゆっくりとは焼かない。したがって表面は硬めに焼きあがる。

できあがりは月餅のようになる。「おからの月餅」と名付けた。

どちらも売れない。

さすがに疲れてきた。気分的にも体力的にも。

ただそれ以外は特に問題はないので最初の勢いほどではないが手を変え品を変えしていろんなものに挑戦している。

以前に白玉粉と粉末茶葉を混ぜて豆腐餅を作ったが今度は粉末茶葉の代わりにこの微粉末のおからを混ぜて茹で上げた。

弾力性のある餅らしきものができた。味はまだ調整していないが噛みごたえのある餅ができた。しかも餅のように伸びない。簡単に噛み切れる。小豆の餡を中に入れると噛み切りやすく餅のようでカロリーは多分低い。

「おからは英語で何と言うんや？」娘は「そんな知らんわ」と言いながらも調べてくれた。豆腐はトーフで通じるしおからもおからだ。どちらも英語として定着しているらしい。フランス語でもイタリア語でもトウフやオカラで通用するらしい。

おからなんて食べるのは日本だけだろう。

敢えて言えばＴＯＦＵ《トーフ》　ＰＵＬＰ《パルプ》かＴＯＦＵ《トーフ》　ＲＥＦＵＳＥ《レヒューズ》だという。中国語でも適当な名前はないらしい。

佳苗は、

「かっこつけて外国語なんて無理してつけんでも単に『おから餅』でええんとちがう？」と言う。

忠志は素直にその意見に従った。

これは少しは売れた。

しばらくして菓子折につめてという要望があったので用意したが菓子折に入れるとなると個別に包まなければならない。

これは面倒なので百円ショップで買った弁当箱に入れるような周囲にギザギザのついたアルミ箔の小さな容器を使った。

以後は言われなくとも菓子箱は用意しておいたが使ったのは二回だけだった。

八　本業回帰

何をやっているのか分からなくなってきたが本業は豆腐屋である。このことを忘れていたわけではないがふと我にかえった。

微粉末のおからに拘っていたがその製品が売れないのでまた産業廃棄物が増えた。

微粉末のおからだけでは商品化は難しいがいっそのこと豆腐に入れたらどうだろう。もし味も風味も普通の豆腐と変わらなければ少なくとも産業廃棄物だけは減る。舌さわりだけは心配だが作ってみるしかない。

やってみたが普通の豆腐とほとんど変わらない。おからを入れ過ぎると硬くなると予想したが逆に固まりにくくなり口に入れても風味が増しているようにも感じる。

普通のものと食べ比べさせると和子は「このおからが入っている方がチョットだけコクがあるみたいや」と言う。

大豆の栄養分を全部使っているので栄養的にもいい筈である。色だけがほんの少し黄色が強い。しかし気にならない。

我が家の批評家は、

「あんまり変わらへんなあ。せやけど普通の豆腐とどうやって区別して売るの？」と仰せだ。

「せやなあ。お前が言うネーミングも考えなあかんなあ。なにがええやろ」

名前をつけるのは難しい。

親しみやすく覚えやすくと言ってあまりチャラチャラした名前も軽すぎてだめだ。

いろんな案が出た。大豆をまるまる使うので『丸ごと大豆』や『大豆そのまんま』あるいは『しっかり大豆』もあったが結局念願の名物誕生を目指して『御影豆腐』にした。

果して名物になるまで育ってくれるか？

この時も家族は名前をめぐって盛り上がった。

さて売れ行きの方である。いつもの通り芳しくなかった。お客さんにすればなにがどのように変わったのかが分からない。食べても味も食感も変わらない。

逐一説明しなければならなかった。

まあこれが新商品の宿命かと大げさに考えながら何を一番に訴えたらよいかと考える。

お客さんは長々と説明を聞いてくれるわけではない。たった一言で買う気になってもらわねばならない。

「大豆が丸ごと入っていますからね。旨さがぜんぜん違いますよ。是非一度召しあがってください」

と言うことにした。

栄養のことも言いたいがまずは旨さをＰＲした。細かいことを訊いてくれる人は大歓迎だ。

こちらも言いたいことがあるから一生懸命説明する。

「今までは大豆の汁を搾ったあとのおからは捨ててたんですがその分の栄養も旨みも全部閉じ込めていますからね」

「ほな今までは大豆の汁の上澄みだけを食べてたんですかいな」

「まあ言うたらそうなりますけどな」

とここは少し苦しい説明になる。今までの豆腐も売っているからだ。

「もちろん今までの豆腐はたんぱく質がたくさん入っていますけどおからにもたんぱく質がようけ残っていますし、第一繊維質が多いんです」

さらに続けて、

「カルシュウムも多いから骨粗鬆症の予防になりますよ。繊維質と併せて女性の美容には絶対必要ですよ」

女性はいくつになっても美容と健康という言葉に弱い。

その言葉を聞いて客は買うことにしたみたいだ。普通の豆腐と同じように二百五十円にしたが美容のためならそれくらいの金は惜しまない。利益は少ししかないがこれでも売れるかどうかと不安だった。それでも買う人はいた。

旨さと言うより謳い文句で売れた。

「文句ひとつで売れるんやなあ」

と言うと娘は「そんなもんや。女はなあ、なんぼ年取ってもそれしか考えてへんねん」とのたまう。

『御影豆腐』の上に『理想の栄養食品』のビラをつけ足した。


忠志の店では豆腐はステンレスの水槽もあるが小さなものである。ほかの豆腐屋ではここに多くの豆腐を保存しているが忠志の店ではパックに詰めて密封してガラスのショウケースに並べている。寿司屋のカウンターに置いてあるネタケースと呼ばれているやつである。このネタケースにそのカードを貼り付けた。

大きい紙に『大豆の栄養をまるごと詰め込んだ！ 美容と健康と旨さをどうぞ』と書き込んだ。さらに『イソフラボンと繊維質！ カルシュウムは骨のために大事です』の紙も付け加えた。


実はこのネタケースがおいてあるのも忠志のこだわりがある。

多くの店にはできた豆腐を冷たい水槽に入れているが長い間放置すると豆腐の旨みが少しずつ水槽の水にしみ出す。パックに入れた豆腐でもその周囲の水は少しねっとりとすることでも分かる。旨みが抜け出ているのだ。

このため忠志の店ではパックに入れてネタケースに入れておくのだ。

長時間水に晒すなんてとんでもない。特にこの御影豆腐は旨さを閉じ込めている。旨さが溶け出てはなんにもならない。

これもすこしずつしか売れなかったが日が経つにつれわずかに売れ行きが増えた。しかも売れ行きは安定している。謳い文句も効いているかもしれないが味も気にいられているようだ。商店街の中にある飲み屋も買ってくれた。

お客の中にはこの御影豆腐をすき焼きに入れたら煮崩れしなかったという方もいた。

忠志の家でも試してみた。

たしかに煮ても形はしっかりしている。

木綿豆腐みたいだ。柔らかさは普通の豆腐と変わらない。

すき焼きには一般的には焼き豆腐を使うことが多いがその理由は煮崩れしにくいからである。忠志の店ではできあがった木綿豆腐の上からバーナーで炙って焦げ目をつける。

同時に表面だけは少し硬くなる。

忠志は湯豆腐にして試してみた。

湯豆腐は絹こし豆腐を使うことが多い。口に入れたときのなめらかさがあるためだ。

木綿豆腐ではこの滑らかさは味わえない。しかし絹こしは火を強くすると崩れてしまう。

ところが御影豆腐の場合はしっかりとその形は残っている。それでいて舌触りは滑らかだ。これは知らなかった。形がしっかりと残っているから掴みやすいし湯豆腐の出汁ともあわせやすい。

今は湯豆腐の季節ではないがシーズンになれば売れるのではないか。おでんダネにも適している。酒まつりや寒いシーズンが待ち遠しいが普段でも売れている。

だんだん忙しくなってきた。売る方は何とかなるが作り手が足りない。金銭的に余裕があるわけではないがアルバイトを頼むことを考えた。

それも三時間程度のパート従業員だ。

近くのハローワークを訪ねて相談した。

元町の西の方にある。

求人難であることは知っていたがここでは職を求める人が多い。よりよい条件の仕事を探しているからである。

職員は用紙を前に様々な質問をする。

まず法人名だ。有限会社にしておいてよかった。

個人商店でも差し支えないが仕事を求めている人は会社組織かどうかを気にするみたいである。実態は個人商店に過ぎないが。

「御社《おんしゃ》はどんな仕事をするんですか？」

御社と言われてちょっと戸惑った。

「豆腐作りです。その豆を烝して絞って豆乳を作り豆腐にするんです」

職員は、

「いえ具体的なことはいいんです。こちらが訊きたいのは仕事内容です。例えばデスクワークか力仕事か接客業務かです」

豆腐作りと言えば分かるではないかと思ったが無理もない。一般の人は知らない。

「蒸したり絞ったりとかは機械でやりますのでそれほどの力仕事ではありません」

「接客はやらなくてもいいんですか」

職員はこの点を詳しく知ろうとする。

「作る作業だけですからお客さんの相手はしなくても大丈夫です」

後で分かったがこれは言葉を話せるかどうかを訊いていたのである。すなわち日本人である必要性はどうかということである。


最近のサービス業で従事する多くの人は外国人である。コンビニ業界では外人がいなければ廻らないようになっているそうだ。

御影の近くにあるコンビニでも肌の色の黒い人を時折見かける。続いて年齢制限、雇用期間、勤務時間、時間帯、月間での勤務日数、給与あるいは時間給のほか多くのことを尋ねられた。

忠志は昼の間三〜四時間程度働ければ時間帯は調整できる。とりあえず三か月くらいで週に四日程度で考えていると答えた。

「いくつくらいの人を想定していますか」

こちらは漠然と若い人と言うくらいで考えている。

「お話を伺うとパート従業員だと思うんですが職を求めている人は案外多いのですよ。でも正規職か時給の高い所を探しています。期間も勤務時間も短いようですからマッチする人が見つかるのは難しいでしょうね」

職員は口をへの字にしながらもなおも訊いた。

「最低賃金のことは御存じでしょうね？　今は実質最低でも時給千二百円以上でないと難しいですよ。特に短期ですからね」

忠志は千円は覚悟していたが仕方がないそれくらいならと考えた。

制服はありますかとか社会保険の有無や食事つきか休み時間はあるかとかそのほかの条件あるいはそのほかに希望することがあるかとかについても訊かれる。

こちらとしては日本語ができる人、近くに住んでいる人が望ましいとか食品の製造なので信頼できる人あるいは清潔感のある人が望ましい旨を告げた。

「うーん。それにあう人がいますかね」と懐疑的である。

「最近は東南アジアからの留学生が仕事を求めてここに来る人が多いんです。そういう人は若い人が多いですからいいんですが時間帯が難しいですね。留学で来ている人は母国である程度日本語を勉強しているので少しは大丈夫ですがメインは勉強ですので昼間はダメでしょうね」

どうもはじめからそういう人を頭に浮かべてこちらの条件を訊いていたみたいだ。

「御社の希望は分かりましたがかなり難しいように思います。求人リストに載せるのにすこし時間がかかりますのでお待ちください。

もし希望者が出てくればこちらから連絡します」職員は時間がかかるかもしれませんよとも言った。

忠志は求人申込み表の写しを見ながらウチのようなところに来てくれる人がいるだろうかと心配になった。更衣室もないし休憩場所もない。トイレは商店街で店員が共同で使っているものである。制服などはないが法被でもよい。

しかし一か月経っても連絡はない。この条件で来てくれる人はいないのだろう。

専業主婦の人で適当な人はいないかと町内会に打診した。お子さんが小学校に入れば手はかからなくなる。時間は空いているはずだ。学校に送りだすのは八時前だからそのあと家事を済ませれば九時からは来てもらえる。

午後は子供が帰ってくるのが三時前なので難しい。

マンション内で掲示をして募集した。駅の南にある県営住宅に住む人から問い合わせがあった。柴田恵子という人で子供さんは男の子が一人だけだ。但し亭主はここより西の方にある製鉄所で三交代勤務をしている。

三交代勤務というのは製鉄所独自の勤務で四つのグループが二十四時間を分担して働く制度である。一つのグループは一勤と言って朝の七時から昼の三時まで勤務する。二勤は三時から夜の十時まで、三勤は夜の十時から翌朝の六時までそれぞれ働く。これは溶鉱炉などは一旦火を入れると十年近くは火を消せず連続操業しなければならない。人はそれに合わせて働くのである。溶鉱炉から融けた鉄が出てくるがすぐさまそれを処理する転炉や圧延工程もこれに合わせて三交代制になっている。

この三交代制と言うのは例えばAというグループが一勤を三日ほど続けたあと一日の休みを取る。Bのグループは二勤をCは三勤をそれぞれ三日ほど続ける制度である。一週間に一日は休まなければならないがその抜けた時の勤務をDのグループが代わりを務める。

この四つのグループが順に入れ替わり休みを挟みながら連続で働く。これが四直三交代制すなわちシフト制である。

三日働いて一日休むが組み合わせの都合上二日休むこともある。曜日と関係ない。

したがって亭主の帰ってくる時間は変則的である。三勤が終わった時は七時か八時には亭主が家に帰る。この時に妻がいないと機嫌が悪いので決められた曜日に仕事をするのはダメだと言う。

このため一週間に三日か四日しか出られない時もあるが宜しいかと言う。

こちらは一刻でも早く、かつほぼ毎日来てほしかったがしかたが無い。とりあえず来てもらうことにした。

仕事の内容も知らないのでまず見せてほしいというところから始まった。

結局しばらくやると言うことになった。

祭りの時に着るような青い法被を着て仕事をしてもらう。豆腐作りは店の奥の方でするが通りからはその姿が見える。

「いや新しい人やなあ」常連の客が言う。

「結構しんどなってきたんで手伝いに来てもろてまんねん」

「儲かってるんやろ？」とからかう。

儲かっていないわけではないが、このパート代も結構大きい。時給を千百円としたがひと月に二十日働いてもらうとしても一日四時間なら九万円ほどの出費になる。

和子より一回り以上年下であるがよく気がつき豆腐作りも覚えが早い。

忙しいときもあるのでほぼ毎日でも来てほしいがそれは無理なことは分かっている。

ハローワークからは何も言ってこないのでそのままにしていた。


もう少しで一か月だと言う時に柴田さんが、

「やっぱり無理でしたわ」と言う。

「ええっ。どうしたんや？」

「腰が痛くてちょっと」

訊くとずっと立ちっぱなしなので腰が痛いと言う。時々休むように言っていたがまじめな性分なのかずっと動いている。

しばらく我慢して動いていたがそれが悪かったみたいだ。亭主にも相談したが無理はせずに辞めろと言われている。

しかたがない。といってハローワークはアテにならない。

商店街の中にある飲み屋には若い女の子がいる。二十歳くらいで理子ちゃんと言う。飲み屋が始まるのは夕方の六時以降である。ただ準備があるので五時頃にはもう店に来ている。昼から夕方まではぶらぶらしている。

飲み屋のマスター、と言ってもお兄ちゃんだがその兄ちゃんに話をして次の人が見つかるまでその子に手伝ってもらいたいと相談した。

「あの子はウチの看板娘やからアカン」とつれない。

「ひと月だけや。頼むわ」と懇願した。

「本人にも訊いてみるけどほんまにひと月やろなあ。ウチの店に疲れた顔して帰ってきたらウチの商売にもひびくからなあ」

とちょっと態度が変わった。口ではけんもほろろであったが当人に話をしてくれたらしく長くても一か月厳守ということで手伝ってもらうことになった。和子は黙々と働いてくれるが彼女に無理はさせたくなかったし自分も無理をせず余裕を持っておきたかった。

この子は豆腐作りにはあまり興味を持たなかったが店先で売ったりするのが向いているというか本人もそれをやりたがった。

しかし手が足りないのは豆腐作りである。

飲み屋では酔客に絡まれることもあるそうだがここの店ではそんなことはない。豆腐を買いに来て絡むお客さんなんかいない。

「立ちっぱなしでしんどいことはあれへんか？」

疲れさせたら飲み屋の兄ちゃんに何を言われるか分からない。前の柴田さんにやめられたから神経を使う。

理子ちゃんは、

「飲み屋でも立ちっぱなしやからおんなじや」とあまり気にしない。やはり若いだけのことはある。

佳苗が六甲山の中腹にある大学の学生支援課にアルバイトの口があるからと申し込んでくれたらしい。

理子ちゃんに手伝ってもらう期間も終わりに近づいた頃その大学の方から連絡が来た。四時以降であれば行けそうだという。学生だからそうなるのだろう。ハローワークと違って大学の方は仕事内容の紹介は簡単だ。

佳苗はどんなことを言ったのかは知らないが学生支援課から連絡があったので一度来てもらうことにした。月曜日の午後五時頃に店まで出向いてもらう。地図は佳苗が書いて学生課に渡しているそうだ。

いつものように魚崎の立ち飲み屋へおつまみセットを届けたあと店に戻り明日の豆腐作りの準備にとりかかる。

店の前にメモ用紙を持った学生風の男が立っている。

「あのう、すいません。＊＊大学から来ました」

すぐにアルバイトの学生だと分かる。

少しだけアクセントが違う。しまった。学生支援課に名前を聞いておくのを忘れた。

「お名前は？」

「＊＊＊＊＊です」

忠志はよく聞こえなかった。

「はあ？」

「グエン・バン・タンです。アルバイトの……」

外人だ。そんなことは聞いていない。確認してなかったこっちが悪いがなるほどみれば少し浅黒い。しかし日本語は流暢だし顔も日本人と変わらない。名前を聞かなければ日本人と思うほどである。

「ああこれはどうも御苦労さんです」

「ここでいいんですよね？」

「ええここでいいんですよ。……それにしても日本語がお上手ですね。日本に長くおられたんですか？」

「いや一年前です」

それにしてはすごい。たった一年でこんなになるのか。じっと顔を見ながら話す。

「お国はどちらですか？」

「ベトナムです。ベトナムのフエというところから留学生として来ています」

忠志は感心して見つめている。和子は座ってもらったらと椅子を勧めた。

ベトナム？　予想していなかったのでびっくりして仕事の内容を説明するより相手のことをいろいろと訊いた。

日本に来るには前もって日本語を習得する必要があるらしく選抜試験もあるらしい。その代わり国から奨学金が出るという。

したがってその選抜を乗り越えてきているからやはりできるんだろう。道理で日本語が滑らかな筈だ。


彼が言うには今はかなりのベトナム人が日本に来ている。日本の企業がベトナムに進出しているのも一因だそうだ。それに加えて現地の若者には日本に対する憧れのようなものがあるという。

それにしても驚いた。一介の豆腐屋にベトナム人が来るなんて。しかも大学生だ。時代はどんどん変わっている。

「お住まいは？」

「新在家《しんざいけ》の近くです。ここからなら下宿まで十五分もかかりません。大学からでもここまで三十分あればだいじょうぶです」

新在家というのはこの御影駅より二駅西にある駅の名前だ。

「おいくつですか？」歳を聞くと二十五歳だと言う。「豆腐は食べますか？」の質問をするともともとベトナムにはないが私は食べますと言う。ホーチミン市に行くとあるらしいがフエではあまり見かけないそうだ。ベトナムは中国やフランスの影響で料理もいろいろある。多分外国の影響で入ってきているのかもしれない。

また最近は日本の企業が増えたので多くの日本人が来るようになり現地のスーパーでも売っているらしいがもともと南国なので食中毒のこともあり豆腐を冷たいままで食べないそうだ。

個人的な興味が優先して肝心なことを聞くのを忘れていた。

一通り豆腐作りを説明したあと、

「できますか？」と訊いた。

「やらせてください。昼の講義が長くなっても三時過ぎには終わりますので四時からはでてこられます。午後七時までは大丈夫です」

「食事は用意できませんがよろしいですか？」気になっていたことを訊く。

「大丈夫です。下宿に帰って自分で作りますから」

ほぼ毎日自炊しているらしい。

準備があるので水曜日から来てもらうことにした。

「外人が来たで。びっくりしたわ。おまえ聞いてなかったんか」家で佳苗に聞いた。

「うん。ウチはメールで求人を申し込んだだけや。あとは学生支援課がしてくれるから聞いてないねん。こっちは日本人と思うてるさかいにそこまで聞かんかったし」大学は我が家と少し離れているので申込んだあとはそのままにしていたみたいだ。

「ぜんぜん知らんかったわ。ごめんな。びっくりした？」

「まあ最初はな。せやけど日本語はペラペラやし顔つきも日本人と変わらへん。あとは仕事ぶりや」

「よさそうな人か？」

「と思うで。まあ見た感じやけど」


忠志の思い込みかもしれないが最近の日本の若者よりずっと信頼できそうな気がする。こざっぱりしているし言葉使いも丁寧だ。茶髪にしているわけでもないし身なりもきちんとしている。どこか一昔前の日本人を思い出す。いまほど豊かではなかった時代だがなにか別の豊かさがあったように感じる。

「おまえの大学では留学生は多いんか？」

「いいや。短大ではおらへんけど大学の方は多いで。中国人が増えてるなあ。ウチの大学は看護系があるからそっちの方はフィリピンやタイの人も多いらしいで」


アルバイトの学生はグエンさんと呼ぶことにした。有名大学に来ているからには優秀なんだろう。佳苗には無理だったんだから。

工学部の情報系に在籍している。グエンさんがアルバイトに来てからは忠志も和子もいろいろと聞いた。佳苗も店にやって来て同じように質問する。相手が若い男だったという理由もあったかもしれない。

三人ともよく知らなかったがフエというのは日本の京都と似たような都市でベトナムの古都である。昔の王宮があったし寺も多い。

ベトナム戦争で有名になったダナンの町の北の方にある。

フランスの植民地になる前は阮《ゲン》という独立国があった。そこの王様がフランスの文化が好きでフランスを模した建物を多く作った。

この阮と言う国は途中フランスの植民地になったこともあるがなんと太平洋戦争が終わるまで存続していた。

ベトナム戦争で多くの建物は破壊されたがその後再建されたものもありベトナムで最初の世界遺産の指定があったらしい。現在ダナンとともに観光地になっている。

佳苗は興味を持ったのかベトナム観光の資料をかき集めてきた。家に帰ると得意げに披露した。山村一家はベトナムどころか海外へは一度も行ったことがない。グエンさんが来たおかげで山村豆腐店が俄かに国際的な店になったような気がした。

阮という名前は漢字で読むとゲンだがこれは現地の言葉を漢字に置き換えただけで本来はグエンと

言うのだそうだ。ひょっとしてグエンさんも王様の血を受け継いでいるのではないか。訊いてみると残念ながら現地ではグエンなんて名前はありふれているのだそうだ。

「よかった。もし王様に関係あるならそんな高貴なお方にアルバイトとして働いてもらわれへんからなあ」

「もしそうやったら王様を雇う我々は何様や？」

「そら神様やで」

和子の言葉に一家は大笑いであった。

グエンさんの働きぶりは思いのほかよかった。夜遅くなると売れ残りになるがおつまみセットをお土産に持って帰ってもらった。

店の奥の方で働いているのでお客さんには目につきにくいがそれでも行き帰りの際に分かる。じわじわと噂が拡がった。

グエンさんは豆腐が好きなようだ。

しかし現地では日本のように冷ややっこでは食べない。ニョクマムで味付けして炊いてとり肉と一緒に食べるそうだ。暑い地域では唐辛子で辛くしたスープとして食べる。

日本に来てから冷たい豆腐が好きになったそうである。学生食堂で良く出てくるのでだんだん好きになったと言う。

卒業すれば日本のソフトの会社に入りたいが国に帰れば豆腐を広めたいとも言った。

お世辞半分としてもうれしいことを言ってくれる。あの暑い所では難しいとは思うが。

少しずついい方向に向かっているようだ。

おから入りの御影豆腐も順調に推移しているからグエンさんのアルバイト費用も気にならない。

九　酒まつり

今年の夏は暑かった。毎年だんだん暑くなって行くような感じがする。

ようやく九月になり再び酒まつりの時期が近づいてきた。商店会でもその準備に向けて会合を持ったがそんなに奇抜なアイデアがでてくるわけだはなく結局内容は例年通りということになった。

しかし忠志の店では満を持してこの日を待っていた。

今年こそ『御影豆腐』とキムチの乗った豆腐餅を売り込むぞと意気込んでいる。おつまみセット『貴船』も三十個用意した。佳苗に作ってもらったビラも五十部用意した。

おつまみセットは完売した。厚めの薄揚げ『嵯峨野』も売れた。

酒まつりは朝の十時から夕方の六時頃までやっているが三時頃には理子ちゃんも顔を見せてくれた。

「おっちゃん。手伝おか？」

「おおきに。かまへんかまへん。あんたみたいな可愛い子はそこに立ってくれてるだけで十分や」

もともと接客が好きなので手伝いたかったようだが飲み屋の兄ちゃんに睨まれても困るのでそばに居てもらうだけにした。

それでも楽しそうにしている。

この日はグエンさんも早目に来てくれた。

もう人は少なくなっていたがそれでも、

「みなさん楽しそうですね。豆腐の売りあげはよかったですか」と訊く。関心をもってくれていたようだ。

呑ん兵衛が主だがＰＲもできたと思う。

一年待った甲斐があった。御影豆腐はどれくらい浸透しただろうか。用意したビラもすぐに無くなった。少なくともお客さんの頭に名前くらいは残っているだろう。

去年より人も多かったように思う。五つ用意したポリバケツのごみ箱もすぐにあふれて、出店している醸造元の社員がそのとり替えに忙しく立ち回っていたことからも分かる。


この酒まつりは出店している蔵元が主催者であるので商店会は協賛しているだけだ。

しばらくして商店会の理事会が開かれた。

理事会と言っても会長を含めて五人だ。

議題と言っても電気や水道などの共益費の負担や歳末商戦に向けての案を求めるなどたいしたことはない。

酒まつりの話になった。ほかの理事は山村豆腐店が賑っていたのを知っており羨ましいという声が出た。会長に各店がどんな影響があったかのかを訊ねた。あのときに賑ったのは忠志の店や天ぷら屋と鮮魚店くらいだった。

その他の店では可も不可もなくという程度であんな催しはやっても参加する蔵元が儲けるだけだという意見もある。

しかし開催に反対するわけでもなかった。

洋装小物店、化粧品屋、和服屋、花屋、パン屋や仏具店などからは「あんまり関係ないなあ」という意見が多いみたいだ。それでも人が来るのは悪いことではないと言う。

やはり賑いが戻ったというのは皆の一致した見方であった。なかには「一日だけではアカンのとちゃうか」とか「二日にするか半年に一回するとかにすればどうか」というのもあった。

特に反対する人もいなかったので会長が主催者に連絡するということで終わった。

二日に拡大するならその課題はそれぞれの蔵元の人手の確保とポスターの製作くらいだ。

忠志はたしかに年に一度ではなくもっとしてくれればよいと思っている。


十一月になって嬉しいニュースが入った。

地方のテレビ局であるがこの商店街を取材したいと連絡があったのである。この局では『神戸ぶらり旅』という番組を作っている。

酒まつりの情報が行ったみたいだ。

この御影界隈を紹介したいと言うのである。但しこの商店街だけではない。

会長は大喜びである。緊急の理事会を開き皆に報告するとともに何を準備すればよいのか相談をもちかけた。

「放送は十分もないそうや。しかも一週間後に取材にくるらしい。皆の店でなにか取り上げてもらいたいことがあるんやったら準備してほしい」

しかし急に言われても皆は困惑した表情である。無理もない。普段特に何も考えていない。会長はある人が、

「各店で取り上げてほしいことを至急書きあげて報告してほしい」と言う。

「それでどないするんですか」と訊く。

「二、三日前に打ち合わせに来るらしいわ。その時に言うつもりや」と答える。

忠志の店ではいろいろと新製品を紹介するつもりだ。この商店街を代表して取材してくれたらなあと思う。新製品だけではない。外人の大学生のアルバイトも居る。紹介してほしいことはいっぱいある。

各店は知恵を絞った。

一週間も経たぬうちにテレビ局から二人の男が来た。取材はガード下の湧水や駅北の雑居ビル内の店も対象と考えているので商店街の取材は三十分もないかもしれない。しかも取材しても放映されるのはその十分の一くらいかあるいはそれ以下だと言う。

彼等は商店街を一通り見て回った。

忠志の店で彼等はネタケースに貼ってある宣伝文句をじっと見ていた。忠志はワクワクしながらそれを見ていた。

家で佳苗は一枚の紙に要点をまとめてくれた。

「こんなんはなあ。ＰＲポイントを要領よう纏めておかなあかんねん。テレビ屋は自分が理解できんと取り上げてくれへんで」といつもの調子で言う。

忠志はそんなものが無くとも分かってくれる筈だと思っているがせっかく書いてくれたものだ。会長に手渡しておいた。

会長は「そうや。皆こんな調子で書いてくれたらええねん」と感心していた。

予定より二日ほど遅れて取材のチームがやって来た。テレビ局の名前の入ったカメラを担いだカメラマンとリポーターが一人、ディレクターと照明を持つ人とバッテリーを提げた助手らしい人間がそれぞれ一人の五人組である。マイクはリポーターが持っている。

各店を順にまわるのではなく興味のある店だけしか取材しない。

カメラはハンドクラフト（昔のかけつぎ屋）とか時計の修理屋を丹念に取材している。

そこではリポーターが店の主人にインタビューしている。こんな店を選んだのはいまどき珍しいということだろう。

向かいの八百屋は素通りだった。そこの主人は期待外れの顔をしている。

豆腐屋の番だ。リポーターはいろいろと質問してきたが忠志は興奮して上手に答えられなかった。ディレクターが指示したのかリポーターは同じ質問を繰り返した。

新商品の特徴を聞こうとしたがうまく説明できなかった。

忠志は新商品の開発に苦労したのでそれを訊いてほしかったが向こうはそんなことは考えていない。あっという間の時間だった。

明日の五時三十分に放送すると言う。

ビデオの録画の準備をしてから店に出た。

家に帰りビデオを見た。

がっかりだった。

たしかに豆腐屋の店は紹介されていたし新商品の説明もあったが忠志のインタビューは忠志の顔が出ているが音声は入っていない。

上手な受け答えではなかったので忠志の音声は割愛されたのであろう。がっかりだった。代わりにリポーターの説明だけがあった。

しかしほかに紹介された店はハンドクラフトの店と時計の修理屋だけだった。どちらも間口が二メートルほどで奥行きも二メートルあるかないかという規模である。会長の和菓子の店もほんのちょっと出ただけである。

しかも店の紹介はなく商店街についての話だけであった。おそらく会長としての話が訊きたかっただけであろう。それに比べれば豆腐屋では新商品を紹介してくれただけでも幸運と思わなければならないだろう。

しかし放送は二分もなかった。まあしかたがない無料である。テレビにスポンサーとして出ている会社は随分大きなお金を払っていると言う。文句をつけるわけにはいかない。

「お父さんの顔が出ても出んでもどっちでもええねん。取り上げてくれただけで大成功や」佳苗は喜んでくれた。

「さあこれからこの効果が出てくるで。いまからお客さんがようけ来るで。お父さん頑張らなあかんなあ」

「そやったらええけどな」

そう言いながらなにかもう一つ達成感が無い。勝手な言い分だが自分の店の能力を越えた注文までは要らない。

対応できないからだ。

では今まで何が目標だったのか自分でも訳が分からなくなってきた。

まだ具体的に注文が増えたわけでもない。

ただ増えそうだというだけである。そこそこ注文が増えればよい。夢を見ているだけなのか。しかしなにかうまく行き過ぎている感じがする。売り上げを増やしたいとあれだけ悩んだのに。何だかあっけない。こんなに簡単に進むものか。ついこの前まではあれだけあれこれ考えたのにと思う。

しばらくしてたしかに注文が増えた。テレビの影響は大きい。忙しくなった。以前は望んでいたことである。

しかし充足感がない。

なぜか。自分が望んでいたことは何か。忙しくなったのでこればかりを考えているわけではないが時折この考えが頭をよぎる。


御影名物を作りたかったのだ。まだまだだがそれに近づきつつある。

それでよいではないか。

素晴らしいことだ。その筈だ。しかしまだ満足感は得られない。

自分は名物の開発を目指した。

できつつあるではないか。しかし満足できない。なにが欲しかったのか。

名物の開発だ。そうだ。その栄誉が欲しかったのだ。皆に褒めてもらいたかったのだ。

舞台に上ってライトを浴びて喝さいが欲しかったのだ。

しかしまだ注文が増えたとはいえ劇的に増えたわけではない。それなのにあたかも名物ができあがったように思っている。我ながら浅はかな男だ。

六甲おろしの寒風を受けてそんなことを考えながら家路を急いだ。

時節は年末を迎えていた。

和子の体調は安定している。佳苗の学校生活も特に問題はない。全てが順調である。

忠志は今の状況を感謝した。誰にということはない。敢えて言えば世間にである。

自分はしがない一介の豆腐屋に過ぎない。

それでも今まで一家を維持できてきた。まあ辛うじてではあるが。これだけでも十分である。

十　特許

そこそこ名前が売れたような気がする。

遠くから買いに来るお客さんもいる。この前はスーツ姿の男の人が二人来て御影豆腐と貴船や嵯峨野など三つも四つも買って行ったが領収書をくれと言う。

レジスターで打ち出した領収書でよいかと言うとそれでも良いという。一つや二つなら大した金額ではないが三千円近くしたので要るのかなと思ったが会社の費用で落とすのだろうか。

男二人でスーツ姿は豆腐屋にそぐわない。

またテレビなどのマスコミのネタにするのかなと思っていた。

悪い気はしない。こちらは名前が拡がってくれたら言うことはない。

御影豆腐は御影名物として定着するだろうか。しかしあんまり有名になっては生産が追いつかない。いつかは機械的に大量生産しなければ対応できないだろう。

十年以上も前になる。

大阪の国際見本市会場で見たが食料品の生産も自動化が始まっている。

驚くような機械がいっぱいあった。

茹で卵の殻を自動的に剥く機械には驚かされた。たくさんの線状に並んだゴム紐の上を茹で卵が進んでいく。ゴム紐の断面はまるくなっておりそれが回転している。隣り合ったゴム紐は互いに回転が逆になっている。

卵の殻にヒビが入りゴム紐の上で少しずつ剥がれていく。その上から水がシャワーのようにかけられ殻のかけらは流されていき最終的にきれいに殻が向けるのである。何とうまいこと考えるのだなあと思った。

スーパーで売っているサラダなどに入れる材料に使うそうだ。たしかにあれだけの大量の茹で卵の殻を剥くのに人力でやっていたら間に合わない。

饅頭の自動生産機もあった。ちゃんと中に餡も入っている。

大きさが揃っていなければならないという制約はあったが生魚がコンベアの上を進みトンネルを通って出てくるときちんと三枚におろされている。もちろん内臓は除去されている。

一番びっくりしたのは羽根のついた鶏（もちろん死んでいる）がコンベアの上を流れていくとトンネルを出てきたときには羽根はむしられ内臓は抜き取られ頭はなく足と手羽に分かれている。一体どうなっているのか今でも分からない。

活きたウナギがコンベアの上で徐々に一匹ずつ寸法ごとに選別される機械など実に面白いものがあった。ウナギは何回も機械に通されしまいには傷つき使い物にならなくなるだろう。ウナギも可哀そうだ。それがあってかその機械の実演は時たまにしかやっていなかった。

それに比べれば豆腐の自動化などは簡単であろう。相手はじっとしている大豆だ。今でも部分的には機械化はできている。忠志の店ではそれが小規模なだけだ。


あの男たちは何をしに来たのだろう。

「おとうさん。税務署と違うか」佳苗は少し心配そうに言った。

「そうかなあ。ウチはきちんと申告してるけどなあ」毎年正確に申告してるし雀の涙ほどだが税金も納めている。忠志は思い当たる節はない。

しかしたしかにスーツ姿の男二人が豆腐を買いに来ると言うのはなんかおかしい。見かけたところ四十歳前後だった。

正直に申告していると言っても税務署と聞いただけで庶民は恐怖にかられる。まああの人たちも嫌われることはあっても好いてもらうことはない。損な職業だ。


春になった頃である。一本の電話がかかってきた。特許事務所からである。

忠志は特許事務所と聞いて何のことか分からなかった。

電話の主は、

「こちらは大阪の秋田特許事務所です。今回＊＊＊社様からお申し出がありお宅様の御影豆腐が＊＊＊社の特許を侵害している可能性があると言ってこられました。よってそのことについて打ち合わせをさせてほしいのですが」と言うのである。

件の特許事務所は大阪市の日本橋にある。

この商店街の定休日は水曜日である。何のことか分からないしわざわざ大阪まで出向くことはないと思い御影まで来てくれないかと頼んだ。

翌水曜日にはその男は来てくれた。

商店街の中ほどにある喫茶店で会う。

差しだされた名刺には秋田特許事務所の幸田治郎と記されている。幸田氏が言うには山村豆腐店の御影豆腐は＊＊＊社が持っている特許に抵触するらしい。＊＊＊社と言えば京都にある有名な女性下着メーカーである。そんな会社がどうして豆腐に関する特許なんか持っているのか？

幸田氏はさっそく持ってきた特許資料の写しを拡げて説明する。

「これは＊＊＊社様の特許公報です。こんなのはご覧になったことはありますか？」

「いや初めてです。ウチみたいな町の豆腐屋なんか特許なんて関係ありませんから」

「まあそうかもしれませんね。普通の人は皆そうですよ。しかし知らないうちに他所《よそ》の特許を侵害している例は時々ありましてね」と言いながらこの人は忠志にはいちから説明する必要があるなと考えたらしい。

「世の中で今までできなかったことや改善できる方法を考えた人にはその権利を国に保護してもらう

ことができるんです。それを特許と言います」

　忠志もその程度なら知っている。

「＊＊＊社がどんな特許を持っているかは私らには分かりませんよ」

「特許が成立するまでを説明させていただくとまず新しい方法なり技術が見つかるとその内容を整理して特許出願をします。私どもの事務所はこの資料の作成を手伝います。

　特許庁へ提出された書類はその内容を審査するとともにしばらくすると特許公開公報として世間一般に公開されます」

「どこに公開されるんですか？」

「そういう書類があるんです。いまはネットで簡単に見ることができますが」

「普通の人は知りませんよね」

「そうかもしれませんが新商品や新しい技術の開発をしている人はみんな必死で見ていますよ。自分のやっていることが特許になるかならないかあるいは他社の技術を侵害していないかとね」

　言われてみれば分かる。

「他所から異議申し立てがなく今までにない技術であれば晴れて正式に特許が成立し特許公報として登録されます。この技術なり方法を使用する場合は権利者の承認が必要となります」

「使う場合はお金がいるわけですか」

「そういう場合もありますし特許を保有する権利者が承認しなければそもそもその特許が使えないと

きもあるんです」

「ずっと続くんですか？」

「いえある時間がくれば皆がその技術を自由に使えるようになります」

特許の存続期間は二十年だがそれは出願の日からであって有効になるのは特許権が設定された日すなわち特許として認められた日からである。

最近は出願から設定がなされるまで十年を超えるときがあり実際の存続期間は残り十年もない場合が多くなっている。


幸田氏は再び特許公報に戻り話を進める。

特許の名称は「おからの微粉末を使った豆腐の製造法」となっている。

特許番号のあと登録日に続いて出願日があり十五年前の日付になっている。登録日すなわち特許権が設定されてからでも三年が経過している。と言うことは特許の期限もあと五年しかないということになる。

続いて公開番号、公開日、審査請求日とありこれまでの経過が分かるようになっている。

その次には特許権者の氏名と名称が載っている。たしかに＊＊＊社になっておりその住所もきちんと書かれている。

発明者の所には複数の人の名前がある。そのほかに審査官の名前や参考文献が出ている。

「ここからが重要なんです」幸田さんは強調する。請求項と書かれている部分である。

『請求項1　豆腐を製造する過程において発生する大豆の搾りかすすなわちおからを予め粉砕して微粉末とし絞った汁すなわち豆乳と混ぜてにがりにより固める方法
請求項2　微粉末に加工するおからはジェットミルもしくは同等の能力を有する粉砕機で粉砕し0・05φから0・15φのものとする
請求項3　豆乳と微粉末のおからは40～60℃に加温した状態で十分に混合しそこに凝固剤とし例えばにがりや塩化マグネシウム等を加える』

「この請求項1が一番大きなポイントです。微粉末にしたおからを豆腐に混ぜるというところですね。したがってお宅の製法はこれに抵触しているわけです」

よく理解していないがなるほど言われてみればそうかもしれない。

「しかし豆腐なんて豆乳とにがりを混ぜるなんて大昔からやっているやないですか。ただたしかにおからを混ぜるというのはあまり聞いていないだけで。おからを混ぜたら特許侵害になるんですか？」

「微粉末にしたおからを混ぜたらということです。微粉末というのがポイントになります」

たしかに御影豆腐は微粉末のおからを混ぜている。これが特許に抵触するというのなら作るのを止めなければならない。しかしこんなことが特許になっているのか。

公報の後半には技術分野、従来技術、発明が解決しようとする課題、課題を解決するための手段、実施例さらには発明の効果や図面などが十数ページに亘って書かれている。

しかもその言葉は特許の世界の独特の言い回しで忠志にはすぐには理解できない。

「これをすぐに理解しろと言われても無理ですよ。しばらく時間をくれませんか」そう言うのが精一杯であった。

この前店に来たのはこの特許事務所の人だったか。

「この前ウチに来られたのはお宅の事務所の人でしたか？」それに違いない。

「いいえそれはないと思いますが」幸田さんは首をかしげながら答える。

「スーツ姿の二人連れですよ」忠志は何もとぼけなくてもよいのにと思った。

「おそらく＊＊＊社の人だと思います。おそらくこういうものがあると聞いて確認に出向かれたんだと思います」

御影豆腐の名前が売れたのはよいがとんだ反作用があったものだ。

幸田さんの話によるとこの特許の申請時には秋田特許事務所が担当したらしい。その後の補正手続きや審査請求もしている。

公告すなわち特許権が確定すればあとは特に関与しない。ただ今回特許侵害の可能性があるので＊＊社の担当者から調査してほしいと要請があったと言うのである。

自分ところが動かないのは山村豆腐店と話がこじれた場合を考えて特許事務所に頼むのが安心できると考えたのではないか。特許権の係争については多少なりとも経験があると思ったのであろう。

ただ特許事務所も係争に関する業務は本来の仕事ではないので得意ではない。もめた場合は大体法廷で解決する場合が多いと言う。

この前に店に現れたのは＊＊＊社の社員であったようだ。道理で領収書をくれなどの言葉が出てきたのだ。

スーツ姿の男が二人で豆腐屋に来るというのは普通に考えればおかしい。

こっちはアホだ。単純だ。有名になったと思って喜んでいた。

「向こうさんの要求はなんですやろ？　この特許を使わせないということですやろか？」

「それはないと思います。＊＊＊社は御存知かもしれませんが女性の下着メーカーです。なんで豆腐の特許なんか持っているのか知りませんが社内に商品開発部というのがあるらしくてここが常に新しい特許を考えているらしいんです。したがって生みだされた特許で儲けなくてはなりません。特許を持っているだけでも毎年その維持費を国に収める必要があるのです。そもそもその特許を作るのにそれまでにお金を使っていますからね」

忠志もそれは理解できる。

「だから他人に使わせてそこから使用料をとらなければそれまでに使ったお金が回収できません。ただそこの会社が製造している製品に関するものなら話は違ってきます。もし同業他社がその技術を使ってしまえば自社への競争相手になってしまいますのでそんな場合はその特許を使わせないようにします」

なるほどそれは分かる。

「＊＊＊社で豆腐は作りませんわね」

「そうです。だからこれは想像ですが使用料を請求するだけでしょう」

法外な使用料を要求されるのではないか。

相手は大会社だ。

高ければ御影豆腐作りは諦めるしかない。

忠志は恐る恐る言った。

「高く言うてくるでしょうか？」

「私はなんとも申し上げられません」

忠志の心配そうな顔を見て幸田さんは、

「＊＊＊社さんの考えは分かりませんが世間一般では特許料というのは大体製品価格の三〜五パーセントくらいです。それが相場です。あの会社の本業ではありませんし会社の面子もありますから常識外れの要求はしてこないでしょう」

その返事を聞いて忠志はほっとした。もっと高いことを言われるのかと思っていた。

開発されてから久しいが町中を走る多くのハイブリッドカーなどは開発した自動車メーカーから特

許の使用を認められたのか技術供与を受けたのか分からないが他の自動車メーカーが使っている。それはベラボーな金額ではない筈だ。もしとてつもない金額なら技術供与を受けた側は同じものを作ったにしても金額的に太刀打ちできないから特許の使用を要請しない。

したがって常識的な金額におちつく。

「しかし相手さんはどう出てくるかは分かりません。これについては私は保証いたしかねます」

「今まで製造してきた分についても特許料は払うんですか？」

「それについてもなんとも言えませんがいつ頃からはじめられたんですか？」

開発してまだ一年もたっていないし売れ始めたのもつい最近だ。

「それなら恐らく請求されることはないでしょう。売れた数など確かめようがありませんから請求しようがありません」

忠志は頭の中でとっさに計算した。特許料が三％として売値が二百五十円として豆腐一丁当たり七・五円となる。一日に四百丁売るとして三千円これが一年になると百九万五千円となる。これは大きい。五％なら百八十万円近い。もっとも全部売れた場合で且つすべて捕捉された場合である。

税務署なら隠れて調べたりするがその場合はその人件費は国から出るから彼等はコストパーフォーマンスも考えずにやる。但し高額の脱税に絞られるだろうが。しかし民間企業はその程度の金に大きな人件費はかけないだろう。一日わずか三千円の金を確認するのに大の男一人を使うことはないだろう。最近では一人当たりの人件費は一万円を超えている。どう考えても引き合わない。

そう考えると少しは気が楽になった。

「特許の使用でもめたときはどうなるんですか？」

「もめると言うのは例えばどういうことを考えられているんですか？」

「特許の使用料をまけろまけないと言ったときですけど」

「分かりません。相手の考え方一つです。

特許を使わせないということもあるでしょうし案外＊＊＊社さんが折れる場合も考えられます。但しその場合には過去に戻ってその使用料の支払いや損害賠償の請求をされることも考えられます。最悪の場合裁判になりますよ」

忠志は裁判という言葉を聞いてギクッとした。商店街の中のある店が立ち退きを巡って裁判になったことがあった。民事であったので自分で弁護士をたてねばならず随分金がかかったことを知っている。

特許を使わず今までどおりの豆腐屋に戻るかあくまでも初志貫徹とするか考えさせてほしいと言ってこの日は引き取ってもらった。

区役所では無料法律相談というのがある。

予約制でウイークデイにはほぼ毎日している。忠志はここにかけ込んだ。

相手になってくれたのは特許の専門家ではなかったが話を丁寧に聞いてくれた。

この弁護士は腕組みをしながら「権利の使用に関してなら弁護士で対応できますが特許の中身の技術的な内容についてなら弁理士でないと分からないのではないでしょうか」と言った。

神戸市の中心である三宮にある特許事務所を訪ねた。ここの本部は大阪にある。三宮の事務所は大阪の出先機関だ。ここの所長は池田と言い本部の所長も兼ねている。

特許事務所というのは弁理士の資格を持つ者が一人いればよくその下で働く事務所員は弁理士の資格がなくてもよいらしい。しかし実務能力はその資格のない人の方がはるかに高い場合もある。

出てきた田中という所員は幸いにもこの手の問題をなんどか経験している。

「分かりました。しかし特許事務所というのは特許や商標登録などの申請を主にするところで特許の侵害の案件を滅多に取り扱いません。侵害を申し立てている方と調停するには調停委員というのを作りますがかなり大げさになり当然費用も大きくなります。この調停には弁理士だけでなく弁護士も立てることが要求されます。

特許料が大きい場合は調停がもつれて裁判にまで発展することはありますがお聞きした限りでは商品の販売価格も小さいし相手側と和解というか直接話し合われた方がよいと思います。裁判になれば特許の使用料の額より大きなお金がかかってしまいますよ」

つづけて、

「特許の内容からしても高い特許料は要求してこないと思います」

「ここでは相手側と交渉すると言ったことはしないのですか？」

「やれと言われればしますが高いですよ。特許を例にとると出願だけで二十万円以上します。今回のように相談するだけでも一時間一万円がかかります」

それでは弁護士よりも高いではないか。

「必要とあらばその都度このように相談に来られる方がよいと思います。もう一度特許の内容を確認したいので宜しければこの資料をコピーさせてください」

そのまま預けてもよかったが忠志もよく読んでみたかったので持って帰ることにした。

しかしサムライ稼業と言われる弁護士・弁理士・はつくづく高い金がかかるものだと思った。

忠志は特許料と売れ行きの増加すなわち儲けとのバランスをすぐさま計算できなかったので一度冷静に考えてみることにした。


特許を使うという前提で考え、その上で最悪五％の特許使用料を払うとした時に、

一　御影豆腐の販売価格を据え置くとすると豆腐一丁当たり十二・五円の使用料となる。一日四百丁を売るとして年十二・五×四百×三百六十五＝百八十二万円の特許料の支払い義務が生じる。四％の使用料で百四十六万円、三％なら百十万円となる。
二　豆腐の価格を二百六十円に改定すれば特許料を支払った後は三十六万円の赤字で済む。思い

切って一丁二百七十円にすれば今度は逆に百四十六万円の黒字になるがその価格では数が出ないだろう。

三　特許を使用しないという選択肢もある。御影豆腐作りを止めると言うことだ。せっかく名前が売れ出したのにこれは忍びがたい。

相手さんがどのように言ってくるかは分からないが忠志としては特許料が三％で価格を二百六十円にできれば実質的に損はない。

二日後その池田特許事務所を再び訪ねた。

この相談は無料ではないがいずれ＊＊＊社の人とも話し合わねばならないし、その前にも秋田事務所の幸田さんとの打ち合わせにも備えてやはり田中さんの見解を聞きたかった。

田中さんは特許公報を検討したらしく忠志のやり方と＊＊＊社のやり方との差異を見つけたかったみたいで詳細を問うた。

「公報には図面がついています。この製法に関する説明です。山村さんのやり方と違うところはありますか？」

「まあ大体同じです」

「よく見てください。大事なところです。大豆を水に浸けてから豆乳とおからにわけていますよね」

「ええ。まったく同じです。というか豆腐の作り方は皆同じですよ」

「次にそのおからをジェットミルか同じようなもので粉砕していますよね」

「ウチはフードプロセッサーかミキサーで水と共に粉砕しています」

「どうしてですか？　なぜ水とまぜるのですか？」

「どうしてもなにも粉砕すれば粉が舞って後の処理ができませんよ。ミキサーを開けたら微粉で周りがそれこそ煙のようになりますからね。作業ができませんので途中から水を加えるのです」

「つまり湿式で撹拌、粉砕するわけですね」

「ええそれでないとミキサーからとりだす時は浦島太郎の玉手箱になります」

「その水を加えると言うのは絶対必要なのですね？」

「そのジェットミルというのがどんなものかは知りません。水を加えなくてもいいのかもしれませんが」

「しかしそれでもミルから微粉末をとりだす時には煙が舞うでしょうね」

「私は見たことが無いので分かりませんが多分そうでしょう。それと次の工程で豆乳と混ぜるとき上手く混ざりませんよ。ダマになってしまうんです。予め水と混ぜておかねばダメです。＊＊＊社はその辺を上手くやっているのかもしれませんが」

田中さんは解決の糸口を見つけたのかここの所を何度も聞いた。

「山村さん。この図面は製造工程を示したフローチャートというものです。ここには分離したおからを乾燥させた状態で粉砕微粉化すると書いてあります。わざわざこんなことを書く必要はないのに失敗していますね。まあいわば語るに落ちたということですね」

忠志は嬉しくなってきた。

「それではこの特許はおかしいということですね」

「それがそうとも言えないんですよ。特許というのは論理的に間違いがなければすなわち筋が通っておれば成立します。実際にはおかしくても特許庁の審査官には分かりませんし特許事務所の人間も分かりません。ただ交渉の材料にはなります。例えば特許の使用料を値切るとかね」

実際の製造では苦労したからここはいろいろと言いあうことはできると自信はあった。


「つぎに請求項の二番目ですがこんな粒度でやるんですか？」

「いやこれも言われてみればちょっとおかしいと思います。こんな粗い粉末ではありません。もっと細かいですよ」

よくぞ訊いてくれた。ここで初めて工業技術センターで教わったことが役に立つ。

「ミルで粉砕するにしてもはるかに小さいすなわち微粉ですよ。ジェットミルがどのようなものかは知りませんが丁度このサイズの微粉末には簡単にできませんよ」

ここで忠志は教わったことを滔々と述べた。微粉末のサイズは極めて拡がっていることも技術センターでの実験を踏まえて説明した。

「微粉末のサイズを限定している割にはどうやってそれを選別するかの記載がありませんね」

たしかに請求項二に示された五十から百五十ミクロンというサイズは御影豆腐に比べれば大きすぎ

る。抹茶でももう少し大きいだろう。示されているフローチャートでもその工程を示す説明はない。

「この点もちょっと疑問が残りますね。続いて請求項の三ですが豆乳と微粉末のおからとにがりを混ぜるところですがここはおかしいと感じるところはありませんか」

「これも豆腐作りでは当たり前の工程です。ただ少し温度が低いですね。ウチでは八十℃くらいで混ぜています。温度が低いとよく混ざらないし固まりにくいんです」

「この温度でダメなわけではないんですね」忠志はいつもは勘でやっており正確に温度を測ったことはない。したがってよいとも悪いともいえない。

「私はやったことがないので何とも言えません」


田中さんとの打ち合わせでは大事な点が確認された。

結論から言えば御影豆腐の製造方法は＊＊＊社の特許に抵触する。しかし部分的には異なる方法をとっている。

請求項一が抵触する根拠である。

田中さんは言った。

「残念ですがこの特許を使う限り＊＊＊社の許可を得て特許料を支払わなければなりません。但しそのほかの部分については明確に違うと言うことを主張した方がよいかもしれません」

「それで特許料が値切れるわけですか？」

「お宅様へだけ特許を許可する場合にはそういうこともあるでしょう。しかし相手さんがお宅へ許諾するのを諦めて他社へ、例えばもっと大手に許諾することを考えている場合には特許料は安くしないでしょうね」

そうか相手はウチだけを考えているわけではない。例えば大手のスーパーなどへ許諾すれば生産量も多いしその分多額の特許料が入る。そのことも考えておく必要がある。

田中さんは、

「これは私の推測ですがおそらくこの特許はアイデア特許です」

「それはどういうことですか？」

「本来はキチンと手段を確認して申請するべきなんですが机の上で考えただけで特許を申請することがあるんです。特許庁の方は申請された内容を事実かどうか徹底的に調べます。しかし論理的に誤りがなく先行文献といって似たような事実がほかに見当たらなければ特許として許可します。

審査官だけの判断だけではありません。特許を申請してからしばらくするとその内容を公開して本当に問題が無いか世間に問います。よそからクレームが来てその技術は既にあると証明された場合は特許を許可しません」

忠志は感心して聞いていた。

「なんでイチャモンがつかなかったんでしょうね」

「あったかもしれませんが対象が豆腐ということで有力なイチャモンがなかったんでしょうね。山村さんのように実際にやった人がいなくて」

「一介の豆腐屋が特許のことなんか知りませんからね」

「国の方もいろいろと考えているんですよ。さきほど言った公開という手段のほかに異議の申し立てや取り消し請求という手段もあります。しかし時間もかかるし最終的に裁判にまで発展することもあります。そうなると莫大な費用が発生しますのでよほど大きな特許にならないとやるだけの価値はないと思いますよ」

「廃棄物が無くなるんですがね」

「この資料にも『発明の効果』のところに大豆のすべての栄養素が取り込めるとか廃棄物が無くなるとか書いてあります。これはこのとおりでしょうね」

「間違いありません。日本全国で廃棄物が無くなればすごいことですよ」

「もし＊＊＊社の人がそのように考えるならその特許の供与する先を必死で考えるでしょうね」

「ウチみたいなところを相手にしないでしょうね。やっぱり素直に使用料を払うことになりますか」

「それは避けられませんね。しかし彼等は実際にやっていないと思うので山村さんのノウハウを知りたがると思います。したがってさきほどの微粉化のやり方や凝固の仕方などを伏せておく必要があります。交渉の手段としてですが」

忠志は今日ここにきておいてよかったと思った。払った一万円は値打ちがあった。

十一　変化球

御影豆腐の製造は特許の問題が片付くまでしばらくやめることにした。『御影豆腐は当分の間製造は中止します』この貼り紙を張るのは悔しかったがしかたがない。お客さんの中には「なんで作れへんの？」と聞く人もいた。忠志はそれを聞いてうれしかった。少しはこの名前も売れたんだ。早く問題を片づけて再開したい。

その思いが募り秋田特許事務所に連絡をつけようとしたが逆に向こうの方から声がかかった。どのようにされますかということである。

こちらの肚は決まっている。特許の使用料がこちらが受け入れられる程度であればよいがそうでなければ御影豆腐はあきらめる。そのことを伝えるつもりだ。

今回は大阪の秋田事務所にまで出向いた。

大阪の日本橋の交差点にある雑居ビルの四階のフロアを独占している。五階にあるいくつかの会議室はこのビルに入っている会社が共同で使っている。ここに通された。

秋田事務所の幸田さんともう一人の男がいた。＊＊＊社の知的財産部の人間で小松と言う。

自己紹介を終えると忠志は単刀直入に切り出した。

「お宅の特許を使わせていただきたいと思っています。但し特許料が高ければ諦めます。今日はその辺のお話をさせていただきたいと思って来ました」

「有難うございます。こちらの小松さんの方でも許諾したいと考えられているようですがまだその条件については検討中です」

「幸田さんが御影に来られた時にはもう考えられていたんじゃありませんか？」

幸田さんは小松氏の方を見ながら、

「それにはいろいろと条件を詰めなければいけません。小松さんの方では独占使用にはしたくないそうです」

独占使用とはどういうことか。

「というと？」

「山村さんの所だけがこの特許を使用するということです。つまりそのほかの人が使わないという条件です」

そのことは知らなかった。もちろんこちらはウチが使用できればいいのであってそのほかの店が使っても一向に問題ないと思っている。

「それは構わないと思っていますが」

「その条件ならこの前にお話したように製品価格の五％前後と考えています。そうですね？」と小松氏の方を向く。

小松氏は同意を求められて、

「当社の場合知的財産部という部署がこのような契約を担当していますがいま幸田さんが言われたような数値です。それ以下の時もあります。いろいろと条件はつきますが」

幸田氏はそこまでは言わなくともよいのにと思いながらその話を引き取り、

「独占使用となるとほかのところが同じものを作れなくなるのでお宅の利益は上がりますよ。但しその分特許料は高くなりますが」


「ウチは一般的な使用でいいんです。別に独占しようと思ってませんので。もちろん特許料も安い方がいいんです。豆腐一丁の値段は二百五十円で売っていますので」

「特許料が五％としてなら十二・五円ですね。その分を値上げすればいいじゃないですか」

「簡単に言われますがこれでも高いんです。普通の豆腐なら五十円くらいで売ってますからお客さんは当然そっちの方を買います」

「でも栄養もあると言うことで売っているんでしょ」小松氏は値上げをすればよいではないかという顔で言う。

「まあそれを売り文句にしてますが今以上に値上げすればどうですかねー。値上げしても売れなければなんにもなりません。いまでもほとんど利益はないんですよ」

「ほかにコストダウンの可能性はありませんか？」

「もう少し特許料が安くなりませんか？　さっき小松さんが言われたいろいろな条件がどんなものかは知りませんがそれによって安くなるならそうしたいんですが」

「ただ単に特許を使うだけならということも条件としてはあります」

小松氏は知的財産部としてこれまで多くの案件を扱っているらしい。幸田さんは、

「特許を使うだけの場合とそれにかかわるノウハウまで教える場合もあります」

「そうですね。御希望とあればそうしますが」と小松さんは簡単に言う。

「もしそれができるならお願いしたいですね。特に微粉化する具体的な方法とか凝固させる場合の温度の調整とか」

これがアイデア特許であることはほぼ確実であるのでこのように言えば相手が怯むかなと思って言ったのだが小松氏の返事はその期待を裏切るものだった。

「それは別に構わないですよ。担当者から説明させます」

多分アイデアだけの特許だから具体的なノウハウになると何もない筈だ。それゆえこの条件を持ち出せば特許料を値切ることができると思っていたがこの小松氏の言葉に肩すかしを食った。

「今この場でどういう条件ならいいとか悪いとかは言えません。というか判断がつきません。特許の使用は独占でなくてもかまいませんが単なる使用かノウハウを教えてもらっての使用かについて整理して特許料を示してもらえませんか。それによりお宅様の特許を使うかどうか考えます」

「分かりました。私どもも特許を持っているだけでは何にもなりません。ちょっとでも使ってほしいというのも事実です。社に帰って検討します」

もう少し駆け引きをするのかなと思ったが小松氏は割と正直だったので安心した。

忠志はもう一つの質問をした。

「もし貴社の特許を使うとしてその金額の計算はどうするんですか？　製品価格の五％というのは分かりましたが売れた豆腐の数はどうやって確認するんですか？　またいつ払うんですか？」

「売れた豆腐の数は基本的には自己申告です。しかし帳簿を調べさせていただくこともあります。また特許料は大体会計年度の終わりにその年の分を一括して納入してもらいます。そのあたりも整理してお見せしますが」

忠志は念を押した。

「さきほども言いましたがウチはあくまでも特許料を安くしてほしいのでそれが高ければ作るのを諦めるしかないと思っています。元の普通の豆腐屋に戻るだけです」

小松氏と幸田さんはお互いの顔を見た。小松氏は言った。

「わが社は御存じのように下着メーカーです。豆腐を売るわけではないのでできるだけこの特許を利用してほしいと考えています。

特にお宅のような豆腐屋さんよりもっと規模の大きい会社例えばスーパーの専属の製造メーカーに使ってもらうことを第一に考えていました。製造量が違いますからね。

しかし残念ながら今まで大手の所からはこの特許を使いたいという申し出はありませんでした。したがってどこでもよいからこの特許を使ってほしいという事情もあります。

山村さんの御希望にできるだけ添いたいので安くすることは考えますがもしこれが大当たりして莫大な生産量になるんだったら我々も悔しいというかせっかくの金儲けのネタを失うことになるのでそこになんらかの歯止めをかけることもあるかもしれません」

忠志は小松氏の話を聞いていて正直な人だと思った。

後日小松氏側から実施許諾の素案を示してもらうということでこの日は終わった。

小松氏がノウハウを教えてもよいと言ったのが気にかかる。アイデア特許ではなく実際にやったのか。意外だった。こちらの目論見は外れた。

一週間ほどたった頃秋田特許事務所より待ちに待った封書が届いた。

特許料は安くなったかが一番の気がかりである。四%に変わっていた。これならなんとかなる。そのほかノウハウについてはオープンにできませんとのことである。

ノウハウを開示すると言ったではないか。

オープンにできないというのはどういうことか。やっぱり実際にやっていなかったからであろう。

この前顔を合わせた小松氏は我々は知的財産部と言って各部署からあがってきた案件を事務的に処理するだけで技術的な内容は知らないと言っていた。

だからノウハウの開示については簡単にできますと言ったのではないか。

発明者に問い合わせて実際にはやっていないと言われたのだろう。

なぜならその次に貴社と共に会社を作りこの特許を売りだすとともにノウハウを含めて他社にその技術を開示していくというのはどうかと書いてあったからである。自分ところに豆腐作りのノウハウがあるならこんなことは言わない。自社ですべてやれるからだ。


特許料が四％になったのはよかった。豆腐一丁につき十円で済む。これなら値上げせずにやれる。そのほかの条件はこの前幸田さんが言った通りである。ただ追加でこの契約については五年を過ぎた時点で見直すとすると書いてある。五年ならもう特許の有効期限は切れている。

この条件ならすぐにでも契約を結びたい。

念のためもう一度三宮にある池田特許事務所の田中さんを訪ねた。

あらましのことを話して問題がないかどうかを確認した。田中さんは問題はないでしょうと言った。

この時の相談料の一万円は惜しくはない。

早く再開したい。


その旨伝えると幸田さんは直ちに清書した特許実施許諾契約書を送ってきてくれた。

来週にでもまた日本橋の方へ来てほしい。その時に会社の『履歴事項全部証明書』と会社の印鑑と印鑑証明および会社の定款が必要と言われた。

契約書に貼った収入印紙に印鑑を押すときに手が震えた。

十二　再開

しばらく中断していたが注文はあるだろうか？　勢いは衰えてないかが心配であった。

収入印紙を貼った契約書を見て佳苗は、

「お父さん。よかったなあ」と喜んでくれた。

これで堂々と作れる。

御影名物が世に出ることができる。

一時はもうこれで終わりかと思ったがよかった。

しばらくは店の椅子に座って余韻をかみしめていた。商店街の稲荷神社にもお礼まいりをした。

この商店街にも活気が戻りますようにと祈った。よその店を気遣う余裕があった。

何事も案ずるより産むがやすしだ。


またあのスーツ姿の男が二人訪ねてきた。

今度は豆腐は買わない。

名刺を出す。見ればやはり＊＊＊社の人間だった。商品開発部の人だ。

「たしか以前に来られましたね」

「よく覚えておられましたね」

「スーツを着て豆腐を買いに来る人なんてめったにありませんからね」

実は自分たちの書いた特許が応用されているのを知って実際にどんなものかどんな味がするのかを確認しに来たのだと言う。

「それに領収書をくれといわれたでしょう？　レシートはいつも出してるけど領収書をくれと言われた時はン？　と思いますがな」

「会社の費用で買いましたからね。うちの部で試食しました」

食べてみてこれならいけると思ったそうである。それで秋田事務所に言って山村豆腐店に契約の意思があるか否かを確認させたみたいだ。

「味はどないでした？」

「よかったですよ。普通の豆腐よりなんか美味いように思いましたよ」

「今日も一つおみやげにどうですか？」

「一つもらいましょうか」

「このおつまみセットもどないですか？　ビールのアテにちょうどええいうてなかなか評判がええんですけどなあ」

そこは商売人である。うまく売り込む。

「実は我々は豆腐なんて作ったことがないんですよ。我々は商品開発部に居るんですが特許のノルマがありましてね。年に数件必ず出さなければなりません。

下着に関する特許なんて分野が狭いのでなかなかありません。女の人が身につけるブラジャーというのがありますがあの中には金属のコイルバネがありましてね。その材質とか形状とかも研究してるんですよ。しかしそれも限界があります。したがって下着に関係なく手当たり次第に書いて出すんですが実際はやってないので想像で書いていることもあります。

小松さんからノウハウも出してよいかと訊かれた時にそれは無理だと言ったんです」

特許使用料が下がったのはそういう理由があったのか。

「それにしてもあの小松さんというのは正直な方ですなあ。もっといろいろと策を巡らせるんかと思ってましたけど」

「あの方はなんどもこういう経験をしてるらしくこんな交渉というものはストレートにやる方がよいという考えを持ってるみたいです」

主力商品にかかわる特許でもないので売れる特許であれば売った方がよいとも言われたそうである。特許を持っていてもそれが売れなければ維持するだけでも特許庁に多額の金を払わなければならないから売れない特許であれば会社の負担が増える。

ようやくこれまでの進展に納得がいった。

間もなく秋田特許事務所の幸田さんから手紙が届いた。

商標登録をしたらどうかという勧めである。彼が調べたところ現在世の中に類似の名前はない。商売を進める上で有利になるという。これについて説明が必要ならもう一度店まで出向くが如何という内容である。

特許もそうだが商標登録なんてよく知らない。ここまで来てくれるのであれば話だけは聞いてみたい。

再び二人は会った。

「お金はかかりますが登録する価値はありますよ。似たような製品が出てきてもそこはこの名前は使えませんから」

「申請すれば必ず通るというか登録できるんですか？」

特許はその内容が技術的に従来技術とどれだけ違うのかかなり細かい査定をされるので特許として認められるまで時間もかかるが商標の方はその商品に関して同じかもしくは類似の名称なり形状が似ていなければすぐに登録されると言う。したがってあの特許を使わなくても『御影豆腐』という名前は他所が使えない。

これは特許と同じくらいに商標を独占できる効果があるらしい。

忠志はそのことは理解したものの費用が気になった。登録に至るまではおおよそで三十万円くらいかかると言う。御影豆腐だけで稼ぐなら半年近くかかるのではないか。

とりあえず調査だけでもすることにした。

これならかかっても五万円以下で済むらしい。調査して可能性があるなら出願し（この費用は十万円以下で済む）さらに受理されれば登録に進めばよい。これは十五万円ほどするが受理されれば払ってもよい。出願も登録も国に支払う印紙代が高い。

しかしもし登録されれば店の商品に®のマークが付けられる。これを想像するだけでもワクワクした。

商標が登録されれば登録証と言って賞状のようなものが出るらしい。それが出れば店に飾るつもりだ。またネタケースにも®のマークをつけるつもりだ。

豆腐プリンの試作から始まってやっとここまで来た。自分みたいな人間でもできたのである。

商標登録までまだまだだが多分いける。

もう少しだ。和子も佳苗も喜んでくれる筈だ。

家に帰る途中冷たい雨が降っていた。
しかしその中で忠志は大声を張り上げたい気分になった。

完

畦《あぜ》道《みち》

昨夜もまた変な夢を見た。昨夜だけではない。最近はずっとだ。それも前後の脈絡のないものばかりである。従って熟睡していない。大体二時間おきに起きる。トイレである。前立腺肥大症なので小便の出が悪い。この頃は立ってするのではなく座ってする。もちろん洋式便所である。それでないとなかなか出ないのである。そうしても出にくいので長いこと座っている。手術することも考えたがあそこの先から棒を入れてその前立腺の部分を内部からグリグリ削るそうである。その棒を入れる時がものすごい痛いと聞いた。それを聞いただけでも怖いし手術の痕を数日間看護師さんがその部分をつまんで消毒するらしい。お粗末なので見られるのさえ嫌だ。まして触られるなんてその様子を想像するだけで恥ずかしい。ということでもう五年近くそのままにしている。当然改善しない。従ってよく眠れないので変な夢ばかり見る。ウトウトしてるだけなので夢というより妄想を見ているか思い出だけかもしれない。

しかし特技がある。これを特技と言っていいのかどうかは分からないが夢の続きを見ることができるのである。

トイレから戻ってきて布団に潜り込むと先ほどの夢の続きが見られるのである。やっぱり夢というより妄想にふけっているのだろう。その妄想もしっかりした意味のある妄想ならともかく訳の分からない断片的なものに過ぎない。例えば昨夜見た夢は小学生の頃家の前の田んぼで蛙釣りをしたこと。その次にいきなり隣の家の葬式が出てきたりその葬殮《そうれん》についていく自分であったり祖母の顔が出てきたりするのである。訳が分からない。

自分でもそれが夢であることが分かっている。白黒の映画でも見ているように自分は離れたところから見ているのである。もちろん自分では映画でないのは分かっている。

夢であればほとんどが起きたときに忘れるとよく言われる。しかし覚えているのだから妄想なのだろう。そこから妄想はどんどん広がっていく。突如アメリカのシカゴの近くの田舎町が出てきたりインドネシアの製鉄所が出てきたりする。どちらも会社の仕事で出張に行かされた時の思い出だ。そこまでいってからようやく短い時間を寝るのである。その時は一瞬だけだが熟睡できる。

また尿意を催すので起きる。同室の男が「うーっ」と言いながら寝返りを打つ。時々起こしてしまう。できるだけそーっと行くのだが天井の明かりは消していてもトイレの明かりが漏れるのである。また水を流す音が結構大きい。申し訳ないのだが生理現象なので仕方がない。

自分は今神戸市内の病院にいる。

人口島の中ほどにある総合病院の五階の部屋にいる。このフロアーは主に内科と眼科の患者が入院している。ナースセンターの前で何かと便利がよい。その横に入院患者用の内科と眼科の簡単な診察室がある。わざわざ階下の診察室に行かなくてもよい。

病室からは西側に新交通システムの電車が見える。架線は無くゴムタイヤで静かに走る。六甲ライナーと言うやつである。北側のビルは商業施設で三階部分でつながっているし六甲ライナーの駅にもつながっている。便利の良いところだ。この病室は西向きなので電車が通ると朝は朝日が電車のボディーに反射し一瞬部屋が明るくなる。反対に夕方は夕日が差し込み眩しい。

妻は二十年程前に亡くなった。子供は男の子が一人いるが随分前から東京に住んでいる。高校までは神戸にいたが大学に入ってからはずっと東京だ。今は千葉の柏市に住んでいるが事実上東京だ。息子には子供も一人いる。自分にとっては唯一の孫である。その子ももう高校三年生だ。東京の大学にいくことを目指している。多分もう神戸には戻ってこないだろう。従って今は一人暮らしである。ずっとこのままかもしれない。

先のことも考えてこの前は近くのグループホームやケアハウスも見てきた。しかしなんとか自活できるので前者はまだ早い。また後者は希望すれば食事や訪問看護のサービスが受けられるが毎月の家賃が高くよほどよぼよぼになるまでは今のマンションのほうが良いのでそのままにしている。

「おはようございます」ナースの京子さんの声がして窓際のカーテンが開けられる。

六甲ライナーの電車が通る。朝早くから学生やサラリーマンが乗っている。ご苦労さんなことだ。自分は年金をもらってもう随分経つ。現役の時は保険料は僅かしか払っていなかったし大して社会に貢献したわけでもないのになんだか申し訳ない気がする。

彼らのおかげだ。

高校時代の仲の良かった友達は六十歳直前で他界した。外資系の会社の技術部長だったのでたくさん保険料を納めていた筈だった。

とうとう納めるだけ納めて一回も受け取らずに逝ってしまった。年金を受け取る時に時々それを思い出す。あいつのような奴もいれば自分みたいな人間もいる。

北の方に六甲山の山並みが見える。上の方はぼちぼち色づいてきている。


「おはようさん。今日もきれいやなあ」とお愛想を言う。半分はお世辞だがよく見るとぽっちゃりしていて美人だ。若干ぽっちゃりしすぎともいえるが若いときはきれいだったのかもしれない。宮本さんといいもう四十代半ばという。


「大路《おおじ》さん。あんた口がうまいなあ。負けるわ」と同室の成田さんが言う。

自分の名前は大路幹男と言う。もう七十九歳になる。

成田さんは自分より三つ年上である。

「いやいやお世辞やないで」と一応やんわりと否定する。

「お世辞でもうれしいわ」

「ほれ見てみい」

京子さんはベテランである。こんな入院患者のからかいにはなれている。しかし本音もちょっとは混じっている。

「七時から朝食ですからね。そのあと大路さんは負荷テストです。遅れないようにしてください。それが終わったら面会ですよ」

「誰？」

「ナースセンターへ行ったらホワイトボードに書いてあります」

ボードには『大路様九時から検査。十五時から面会予定』としか書いていない。個人情報保護とかで訪問者の名前は書いていない。

聞いてみると児玉と木村という。すぐにピンと来ない。誰やろ。いとこかな。

成田さんと二人で同じ階の食堂に行った。

入院患者専用である。二人とも部屋に持ってきてもらうほどまだ弱ってはいない。食堂まで行くのが大変な人はベッドのそばまで持ってきてくれる。

しかし成田さんはぼちぼちかなと思っているという。食堂の前ではまだ七時まで十五分もあるが五人ほども来て待っている。みんなすることがないから来るのである。早く来た人は備え付けのテレビを見ている。

「今日はなんやろ」食事が最大の楽しみだからみんなの興味はその中身である。メニューは一週間分が食堂の前に掲示されている。

しかし読んでいてもすぐ忘れる。

今朝は和食だった。自分はパン食はきらいではないが食べた気がしないのでどちらかと言えばやはり和食派である。今朝の中身は豆腐の味噌汁と塩ザケの焼いたものに大根の千切りの煮たものである。

自宅にいるときは味噌汁というと生みそタイプのインスタントしか食べない。一人暮らしにちょうどいい。ネギだけは生でベランダにあるプランターの中のネギをちぎってくる。はじめに根っこ付きのネギを買い上の部分だけを利用したあと根元だけを植える。伸びてきた上の方だけをちぎるのである。何度かそれを繰り返す。だんだん細くなってくる。ネギも大きくなるのが嫌になってくるのであろう。そうなれば根っこから抜いて全部利用する。そしてまた新しいネギの束を買う。

「こんなんが好きやねん」

食事はアルミの大きなワゴンに何人分かが入れられて運ばれてくる。病状によって食事の量と中身が違うので各自のトレーには名前が書いてある。お茶は給湯器からそれぞれ自分で淹れる。

自分も成田さんも糖尿なので量は少ない。

「パン食はいややや」と成田さんが言う。

自分もだ。パン食は薄い食パン一切れとアルミ箔に包まれた小さなジャムかマーガリンに野菜サラダがついているだけだ。ヨーグルトが付いているときもある。

「そうや。食うた気がせんわ」と自分も言う。そんなときは着替えてから二階にあるコンビニまでおにぎりを買いに行く。もちろん内緒である。

「大路さんも行くんか」

「うん。いっぺんなあ。看護師さんに見つかったことがあるねん」

「だれや」

「広田さんや。あの茶髪にしてる若い子がおるやん。早速先生に言いつけよったみたいや」

「あの目のクリクリした可愛い子か?」

「せやねん。可愛い顔してイケズやで」

「そら大路さん、悪いのはあんたや。あの子はあんたの体を心配してるだけやで」

「せやろかなあ」


自分の生まれは大阪の門真《かどま》という水郷の村である。そこの北の方の二番というところの百姓家に生まれた。畦道を歩いて三十分もあれば淀川の堤防に出られるところである。

小さい頃は食べるものといえば野菜がほとんどで小川に住む小魚と大豆を煮たものが付いたりたまにハレの日に食べる鶏のすき焼きくらいであった。うまいものを食べた覚えがない。以来食い意地が張っている。何でも食べる。


息子の喬が高校生の時に言ったことがある。

「お父さんは長生きするわ。地球上でゴキブリが死に絶えても生きてるわ」表現は過激だがまんざら間違いでもない。


家の前は水田で遥か南の方には松下電器の工場があった。家は庭を挟んでその前の左側には八畳間くらいの納屋と右側に風呂と便所があった。その二つの建物は屋根でつながっている。昔の武家屋敷の長屋門みたいである。もちろん規模は小さいが。その軒下の真ん中に入り口がありその入り口の上には稲架《はさ》に使う丸太ん棒が積んである。母屋と離れているので夜便所に行くのが怖かった覚えがある。

自分は二男なので守口の工業高校を出るとすぐに尼崎の方にある製鉄所に勤めた。男ばかりの職場で永らく三交代勤務もした。鉄づくりの現場だったが設備の保全が仕事である。主に溶鉱炉とその関連設備が対象だった。

溶鉱炉には鉱石やコークスを投入するがその鉱石は鉱山から切り出されたものであるから採れた場所により特性が大きく異なる。装入する材料の品質をできるだけ一定になるように多くの銘柄を混ぜ合わせる。このため多くの秤や切り出し設備及び搬送設備がありほとんどが自動だ。コンベヤなどは百を超える。定期的にメンテナンスをするしトラブルがあったときは即座に復旧しなければならない。製鉄所全体は連続操業だから一部が停止すると前後の設備に多大な影響が出る。

それらから出る埃が細かく凄いので作業衣を通してシャツやパンツの中まで茶色になる。従って風呂に入らなければ家に帰れない。職場には大きな風呂があって三交代勤務の人もいるのでいつでも入ることができる。プールみたいな大きな浴槽が三つもありお湯があふれている。燃料は溶鉱炉から出てくるガスを使うのでほぼ無料だ。男ばかりなので風呂場と更衣室の間は皆洗面器を抱えて素っ裸で通る。

一方で時折死亡災害が起きるような危険な職場でもあった。

製鉄所の近くにはここの労働者が行く立ち飲み屋がある。三交代勤務の人もいるので朝から開いている。つまみは豆腐と缶詰しかなかったが安かった。店はガラス張りになっておりその前を通ると先に入っていた仲間が手招きするので大抵の人間は入っていく。その前には今は見違えるほどきれいになっているが当時はドブ川が流れていた。

何年かたった頃に大きな会社に吸収された。さらに数年経って神戸の製鉄所に転勤になった。そこでも電気や制御設備の保全が仕事だった。

しばらく尼崎のアパートから神戸に通勤していたが組長になったとき思い切って住宅ローンを組んで今の神戸市の魚崎という所にマンションを購入した。ただし五階建ての中古である。神戸市と言っても東灘区という神戸市の東の端である。周りは造り酒屋ばかりであった。以来ずっとそのまま定年まで過ごしてきた。


成田さんは最近まで呉服の販売を手掛けていたらしい。ときどき見舞いに来る奥さんも品の良い上等な和服を着ている。和服が分からない自分でも何となく分かる。

今の病室は四人部屋であとは三宅さんと村松さんである。こちらから話しかければ答えるが二人とも無口だ。この部屋は糖尿内科の人ばかりだ。自分はヘモグロビンＡ１Ｃ《エーワンシー》が九・七だが成田さんは十四だという。正常な人なら六・五くらいがその上限だからめちゃくちゃ高い。この病院に出たり入ったりしているという。道理で病院のことに詳しい。

「儂《わし》はこの病院の主《ぬし》みたいなもんや。ベテランやで」と威張っている。何回も入退院を繰り返しているからである。

自分の場合は一人暮らしなので、放っておくと好き勝手して血糖値が一向に改善しないため、しばらく入院させて経過を見ようということになったのである。

昨日のことである。

「明日は糖負荷検査ですからね」と京子さんは言う。若い新米の先生とインターンの先生が担当する。今日の午後に説明に来るという。

「あれしんどおまっせ」三宅さんが言う。

この前この人もしたそうである。自分も別の病院でしたことがある。コップになみなみと注がれたブドウ糖を一気に飲み干しそのあと一時間ごとに採血して血糖値の変化を見るのである。三回ほど採血した。

ビールでもあるまいしなかなかあれだけのブドウ糖は飲めない。甘すぎる。またその後何度も血を取られるのもいやである。

昼飯の後二人の先生がやって来た。二人とも女性である。また若い。新米の先生の方はめちゃくちゃ美人だった。志賀真理子さんという。冷たい美しさではなく可愛い美人だ。マスクをしているので顔全体は見えないが目もとがきれい。頭もいいんだろう。天は二物を与えているではないか。

「負荷検査というのはあのブドウ糖を飲むやつでしょ?」

「いいえ。そういう方法もありますが一定時間ごとにブドウ糖を注射して反対の腕から採血して血糖値の変化を見るんです。あんまりやってないと思いますよ」半分聞き流しながらマスクを外した顔はきれいだろうなあと思う。

「飲むんと違うんですか」

「ええ注射です」

「何回もですか」

「いえ注射針は刺したままです。採血するのも注射針を刺したままです」

三宅さんはしたばかりだから分かっているのかニヤニヤしながら聞いている。

「ですから明日は検査が終わるまで食事はありません。五時間ほどかかります。トイレは行けますが途中二回くらいです」可愛い顔してこともなげに言う。

「朝の九時くらいから二時くらいまでかかると思いますので明日の八時半までに前の診察室に来てくださいね」

それだけ言うと二人は出て行った。

「大路さん。あんたよろしいなあ」

「何が？」

「儂の時は男の先生やったで」

三宅さんは羨ましそうに言う。やっぱりジジイでも男だ。しっかりと見ている。やっぱり検査してもらうなら美人の先生のほうが良い。男の先生と女の先生でなにか違うのだろうかと期待する。

それが昨日だった。


朝食の後、洗濯場で下着を洗う。と言っても全自動であるので簡単だ。洗剤を入れて放り込んでおけば四時間ほどでできあがる。ただしできあがりはホッカホッカだがクシャクシャだ。下着とパジャマしか洗わないから別にそれで構わない。どうせジジイが着るのだ。料金はプリペイドカードで支払う。ベッドの横のテレビも同じである。テレビなんかプリペイドカードの料金が無くなるといきなりプツンと切れる。

八時半になったので前の診察室に行く。いつも入る診察室の奥の方だった。一台のベッドの周りにいっぱい機械がならんでいる。

「トイレは大丈夫ですか」インターンの方の先生が訊く。「はい」と言ってベッドに上がる。両側に小さな台がありその上に両手を縛られる。志賀先生が「ちょっとチクッとしますからね」と言いながら右手に注射針を刺す。痛くても我慢する。その間ずっと先生の顔を見ている。

左手にも注射針を刺す。右手からブドウ糖を入れて左手から採血する。これを連続的にするのである。

胸には心電図用の電極が貼られる。それだけである。「眠っていてもいいですよ」と先生は言う。いつもなら朝食後は眠りにつくのだが今日は目が冴えて寝付けない。

「気分は悪くありませんか」と訊かれる。

「はい大丈夫です」と答える。

カツンカツンと機械の音がする。液晶モニターには心電図の波形がピッピッという音とともに映し出される。

「この前、腹に張り付けていた測定器ではダメなんですか」と訊くと、

「あれは一日の血糖値の動きを見るための装置です。あれでは膵臓から出ているインシュリンの量は分かりません」

入院した直後から二日ほどつけていたがあれは一日の血糖値の変化がどうなっているかを調べるもので体の中からどれくらいのインシュリンが出ているかどうかが分からない。

そのため外部からブドウ糖を与えてそれに対する体の反応を見るらしい。

一時間ほどすると背中が痛くなってきた。

両手を縛られているので寝返りも打てない。三宅さんが言っていたしんどいというのが分かった。それに退屈だ。

志賀先生はときどき来るくらいでずっと傍にいるわけではない。従って一人で天井を見ているだけである。

「おなかがすきませんか」とインターンの先生はアホな質問をする。食べてないからそら減るがなと思いながらこんな子に八つ当たりしてもしょうがない。

「いや大丈夫です」と答える。

腹が減っているのに眠くなってきた。

中学校の遠足で飯盛山《いいもりやま》に登ったことを思い出す。高さは三百メートルほどしかない。

あの頃は片町線《かたまちせん》（今は学研都市線というらしい）の電車が通るとそのコトンコトンという音が頂上

でも聞こえた。高速道路も通っていなかったし静かなもんだった。電車がおもちゃのように見えた。頂上には戦時中の軍の監視所の建物が残っていた。屋根の上には国旗を掲揚するための小さな鉄塔もある。

コンクリート製だが三畳間ほどしかない。遥か南の方には生駒山がある。この頃始まったテレビのための送信アンテナが何本か見える。

頂上から裏の方に下りていくと奥山の室池《むろいけ》から出たきれいな水が流れていた。丁度下りたところに小さな砂防ダムがありここから清滝の方に向かって流れている。あの頃はほとんど人が通らなかったが今はどうなっているだろうか。と埒もないことを思い出す。

十五年程前に大阪から片町線に乗って枚方の星田の方に行く仕事があった。その帰りに四條畷《しじょうなわて》の駅で降りて飯盛山の麓まで行ったことがある。

昔は駅から麓まで両側に松並木がありそのうしろは一面の田圃だった。今は住宅で埋まっていて昔の面影はない。

折角来たので石段を登り中腹の四條畷神社まで行く。手前の茶店はまだあった。そこでコーヒーを飲んだ。

神社は昔のままだった。その姿を見てなぜかほっとした。

とりとめもない記憶を中途半端に思い出す。

またウトウトする。

この病院は初めてではない。これも大分前になるが骨折の治療に来たことがある。

友達と四人で芦屋からロックガーデンを経て六甲山の最高峰に登り有馬温泉側に下りた時である。有馬温泉の奥に会社の保養所があった。安くて泊まれたのである。残念ながらいまはない。

何でもない下り坂で足を滑らせて右手の薬指を岩の間に入れてしまった。随分痛かったが突き指と思い有馬の保養所で夕食を取ったが痛みがなくならないのでタクシーで西宮まで行きそこの外科医に行った。骨折は整形外科であると言われ診てもらえず結局翌日神戸の近所の整形外科へ行った。開業医であったがレントゲンを撮ると複雑骨折でそれなら今入院しているこの病院がいいということで紹介してもらってからの縁である。

右手の薬指の骨が四つくらいに割れており細い針金を何本も埋め込んで直してもらった。その後糖尿内科にかかっている。

先生は二人ともやって来ない。昼食だろうか。

白い天井と周りの装置を見ているとふと福田を思い出す。会社に入ってからの友達だったが頭の良い奴だった。兵庫県の北にある竹野海岸の近くの出身だった。鉄鋼各社が資金を出して作った鉄鋼短期大学という私立大学があり企業の中で優秀な人間が選ばれて入学した。

会社から給料も出て学校に通えるのである。卒業して配属されたのが神戸の製鉄所だった。二人とも現場の技術職であったが彼は何年か経つと企画職になった。自分も短大に挑戦したが社内選抜に通らなければならずダメだった。

福田は酒は飲んだがたばこは若いときから一切吸わなかった。しかし五十を過ぎて肺がんに罹った。現場の休憩室や食堂はいつもたばこの煙が充満していた。その影響で罹ったのかもしれない。五十代の後半は放射線治療しかなくなり半年に一回鉛で囲われた病室で放射性の薬を飲むのである。排泄物も放射線があるので終日狭い鉛の部屋に閉じ込められる。独房みたいだと言っていた。

二週間も閉じ込められその後やっと解放される。

出てきてもあの大酒のみが酒も飲まず食欲もないとよくこぼしていた。

あいつも結局年金も貰えないまま亡くなった。

そのことを思い出した。

一日中白い部屋にどんな気持ちでいたのだろうか。先の希望もなかったのである。

普段は昼食が終わると自分は昼寝をすることもあるが談話室で皆とどうでもよい重要な話をする。

今日は何を話しているのか。

この前は海外旅行の話が出た。成田さんは何度もヨーロッパに行っているらしい。

「バリ島へも行ったで」

「インドネシアのか？」

「そやで」

「成田さんは金持ちやからええなあ。儂も行ったけど仕事や。観光地とちごうてとんでもない田舎やった。行きたかったなあバリ島へ」

自分が行ったのはジャワ島の北で製鉄所だった。

「インドネシア語は面白いで。飯はナシ、魚はイカン、人はオランと言うんや」

自分もそれくらいは知っている。三か月もいたのだ。暑いところだった。なんであんな暑いところで鉄を作るのかと思った。作業員は皆ダラダラしている。激しく動くと疲れるのである。しかし事故が起きると彼らは蜘蛛の子を散らしたように逃げる。

イカンパッサールといって露店の魚市場があった。土の上に直に魚を置いているのをみてびっくりした。現地では生で食べることがないので問題ないのだろうが日本人には理解できない。

年中夏の国である。ここで初めてゴルフを覚えた。ドイツ人の作ったゴルフ場があるのだが池に飛び込んだボールや藪に入ったヤツは取りに行ってはいけない。毒蛇がいるのである。濃い緑色した小さな蛇で雑草の中にいると見分けがつかない。そういうボールは現地の人が捕りに行く。取り戻したボールを日本人に売りつける。それが彼らの一日の稼ぎとなるのだ。中には子供もいた。

プレー費は安かった。日本ではバブルの最中で高かったがここでは十分の一程度であった。風呂も食事もキャンプに帰ってからだ。

宿舎に帰って黒いナシゴレンを食べる。

黒いと思ったがハエがたかっていたのである。その代わりその下にはトウガラシのいっぱい乗った真っ赤なナシゴレンがあった。

あの当時あそこのキャンプでは衛生なんか構っておれなかった。これまた安いビールを飲む。回教国なのにビール会社もあった。

煙草もあったし日本の物は日本で買うより安かった。密輸品である。四千を超える島がある国では密輸の取り締まりなんか不可能に近かった。

定年退職後に中国に行ったことを思い出す。永年勤続記念で旅行クーポンが出たのである。若いときからの憧れであった中国のシルクロードに行った。周りが砂漠の中を延々と走り続けて陽関《ようかん》や玉門関《ぎょくもんかん》にまで行った。楼蘭の跡も見たし敦煌《とんこう》の莫高窟《ばっこうくつ》も見た。

若いときに井上靖の本に魅了され死ぬまでに一度行きたいと思っていたのである。

そこで飲んだビールはどれも生ぬるかったことを思い出す。

「はい終わりです。お疲れさまでした」と志賀先生はそう言ってやっと注射針を外してくれた。にっこり笑うと可愛い。

「注射の痕はテーピングしてますのでお風呂に入れますよ。でもそこは擦《こす》らないでくださいね」

お風呂は同じ階の端にある。小さな湯舟のあるお風呂とシャワーがひとつずつある。

サッとシャワーを浴びると着替えて訪問者を待つ。

やはりいとこの貴美子と靖子であった。

親父の弟の娘で姉妹である。

貴美子は自分より二歳年下である。靖子はさらに二つ若い。と言っても今や二人とも七十を超えたばあさんである。病室では狭いので談話室に行く。

「やっぱりあんたらか。児玉と木村としか聞いてなかったから誰かいなと思うてたわ」

「遠いとこからきたんやで」

「ようきてくれたなあ。誘い合わせてきたんかいな」と矢継ぎ早に言う。

「喬君から聞いて幹男ちゃんが入院したというからびっくりしてきたんやけど大丈夫か」

「たいしたことやないねん。検査入院というだけや。もう死ぬと思うて来たんと違うか」

「まあそやけど元気そうや」

と貴美子は憎まれ口を言う。貴美子は結婚して苗字は児玉に変わったが今は門真の四番《しばん》に住んでいる。靖子も結婚して木村になっており奈良の生駒に住んでいる。

「血糖値がなかなか下がらへんから食事療法をしてちょっと様子を見るだけや」

「うちの旦那も一緒や」靖子が言う。

「飲みすぎか食べすぎやろ」貴美子は遠慮せずに言う。


「さっきなあ検査の最中に飯盛山のことを思いだしてなあ」

「駅からずっと松並木があったなあ」

「そうそうよう覚えてるなあ。今はちゃうで。神社に行く石段まで周りはずっと住宅になってるで。マンションまであったわ。十五年程前に行ったんやけどがっかりやった」

「山の上から片町線が見えたなあ。コトンコトンと走ってるのが」と靖子が言う。

「高校の時に何回か行かされたわ」

靖子は寝屋川高校である。

「歩いて行ったんか」

「うん。そうやけどそれがどないしたん」

「いや昔は長閑《のどか》やったなあと思うて」

「昔はそうや。高速道路も無かったし。けど門真はもっと長閑やったで」

「二人とも二番やったかなあ」

「お宮さんの裏の方やったやんか。小さな川があったやろ」

「今はあの辺の川は全部埋め立てて道になってるわ」

「兄貴が死んでから長いこと門真へ行ってへんねんけどな。最近よう思いだすねん。そろそろかなあ」

「そろそろて？」

「そろそろや」


「幹男ちゃんとこの家の前の田圃の畦道にはゴマの木がようけ植わってたなあ」

「よう覚えてるなあ。大豆もあったで」


「常《つね》さんはもう五年ほどになるかなあ」

「いやもうちょっと前や。兄貴より長生きしてしもた」

「今平均寿命は延びてるさかいな」

「最近は男は八十一歳やで。まだまだや」

「あと二年しかないがな」

「あと二年もあるがな」


貴美子は話し出すと止まらない。

「結局幹男ちゃんの兄弟は皆死んだんか」

「えろうすんまへんな。できの悪いもんだけが残って」貴美子はそれに構わず言う。

「良枝ちゃんは早かったもんなあ」

姉の良枝は十五歳で亡くなった。結核だった。もうマイシンはあったが効かなかった。

丁度日本が独立した時だ。世の中が沸き立っていたが大路の家では素直に喜べる雰囲気ではなかった。

昔の門真駅（今はもうない）の東側に小さな町営の保健所がありそこに入院していた。終戦直後だからそんなもんだった。守口まで行けば松下病院はすでにあったがまだ規模は小さくベッドが空いていなかった。

母親と一緒に時々保健所に行ったことを覚えている。廊下に裸電球があった。水色の壁があった。

姉が亡くなったときまだ死というものがよく分かっていなかった。あの時自分は小学校の六年生だった。いつもニコニコと優しい姉だった。美人だったし勉強も良くできた。

姉が亡くなってからしばらく親父は毎晩仏壇の前にポツンと座っていたのを覚えている。あの時は分からなかったが口数の少ない親父は必死に堪えていたのだろう。

今になって思う。


「今日はどうやって来たんや」

貴美子は京阪と地下鉄堺筋線で、靖子は近鉄と地下鉄御堂筋線だという。梅田で待ち合わせて阪神電車で魚崎まで来てそこから六甲ライナーで来たという。梅田から特急で四十分もあれば来られる。

「幹男ちゃんは魚崎の近くのマンションやろ？」

「そやで。あそこにきれいな川が流れてるやろ。あの傍や」

高校を卒業して尼崎の製鉄所に入り独身寮で過ごし結婚したときは社宅に入っていた。

その後二回ほどアパートを変わりようやく今の魚崎に落ち着いた。間もなく嫁の昌子が死んでしまった。その時は三交代勤務で休めず死に目にも会えなかった。すまなかったと今でも思い出す。

「退院したらいっぺん行くわ。部屋きれいにしときや」貴美子はエラそうに言う。

「ああきれいなもんや。周りの造り酒屋を案内するわ。せやけどこんな美人が来たら近所の評判になるなあ。ちょっと古いけど」

「一言多いわ。いつ退院するのん？」

「一か月ほど先や。糖尿なんか治らへん。様子見てそれで終わりや」

マンションの周りは灘五郷の一つ魚崎郷で酒造りで有名だ。大手の造り酒屋が多い。

毎年一月から二月にかけて新酒の良い香りが漂う。震災前は周りに中小の酒造メーカーもあったが震災後は多くは廃業してしまい跡地にマンションが建った。住民が増加して少子高齢化というのにこの小学校では生徒数が増えているという。


「常《つね》さんはようどぶろく飲んでたなあ」

「趣味らしいもんはなかったからなあ」

兄の常安《つねやす》は自分より六歳上で親父が亡くなってからは一家の主として働き詰めだった。ジャコ豆をつまみながらどぶろくを飲んでいた。それだけが唯一の楽しみだったように思う。母親の実家は上田といったがそちらの方にいとこの潤と茂というのが居た。時々どちらかが来て一緒に酒を飲んでいた。二人とも門真の南の方の一番村に住んでいた。

その頃はもう自分は就職して尼崎に居た。

兄が亡くなる時は守口の病院にいたが自分はその臨終に居合わせたことがある。

ＩＣＵ室でやはり多くの医療機器に囲まれていた。幹男が行った時はもう意識はなく二日ほど眠ったままだった。

突如血圧が七十くらいまで下がった。

「ご臨終です」医者の無機質な声が響く。

顔の色が急激に土色になりしばらくすると紫色になっていった。

「ええとこ行けよ」

考えたのはそれだけだった。親父に似て寡黙だった。家を継ぎ子供も育て精いっぱい仕事をしてきた。偉かったと思う。

姉は蕾のまま散っていった。

「常さんの七回忌は家でやったん？」

「いやお寺やった。お寺の方が家族も楽やった。何も用意せんでもええし今どき一番でも家でやれへんで。終わったらみんなで門真市駅の南にあるホテルで会食や」

「お寺て？」

「お寺やん」

「なんちゅうお寺やったかなあ」

村でお寺は一軒しかなかったので皆はお寺としか言わない。それで分かるのである。

「思い出した。正覚寺や。四番はなあ三つもあるねん」貴美子は説明する。

「ふーん。町やなあ」

さっきお宮さんといったのは神社である。夏になると蝉取りによく行ったがお寺はあんまり言ったことがない。昔の仁和《にわじ》寺から枚方《ひらかた》の方に抜ける街道筋にあった。

「今の門真に田圃なんか残ってるんやろか？」やはりふるさとの現状が知りたい。

「あれへんやろなあ」と靖子が言う。

すると一番詳しい貴美子が言う。

「それでも一番の方に幣原喜重郎《しではらきじゅうろう》の銅像があるやろ。その付近に小さいけどレンコン畑が残ってるで」

「あの変電所のあるとこか」

「ちゃうもっと南の方や。古川橋の駅から南の方に行くねん。……門真市駅の近くに郷土料理の店があってな。レンコンとかクワイとかが出てくるらしいわ」

「クワイか。子供の時はこんな苦いもんと思うてたわ。あんなもん正月料理でしか食うたことないわ」

「昔は二番でもレンコン畑があったで。役場の裏に池があったやろ。あの傍で作ってたやん」

「高校のそばにもあったわ」

「靖っちゃんは寝屋川高校やったなあ」

「うちもそうやで」と貴美子が言う。

公立高校だったので当時は成績の良い子が通っていた。それを言いたいのだろう。

「電車に乗って学校行くのん夢やってん。幹男ちゃんはどうやった？」

「俺は淀川工業やったから自転車通学や。電車やったら門真の駅まで歩かなあかんし守口駅からもけっこう遠かったんや。電車代がもったいない言うて自転車にさせられたんや。電車に乗るやつが羨ましかったなあ」

「今やったら大日《だいにち》から地下鉄ですぐや」

「あの時分は守口言うたら市電の終点で山側に車庫があったやろ」

「そうや。電車の上にポール言うて長い棒があってその先に回転するロールがついてて上の架線から電気を取ってくるねん。あの時はどこまで行っても片道七円五十銭や。往復で十五円出したら堺筋の日本橋《にっぽんばし》まで乗り換えなしで行けたんや。時間はかかったけどよう行ったわ」

「五十銭玉なんてあったか」

「いやなかった。せやから片道だけやったら八円や」

「何しに行ったん」

「進駐軍の払い下げが安う売ってたんや。

ジャンク屋言うてな。ラジオや無線通信機の古いやつなんか売ってるねん。真空管やコンデンサーがついてるんや。半分くらいは壊れてるけどな」

「そんなん買《こ》うてどないするのん」

「半田ごてで付いてる部品を外して再利用するんや。バリコンや抵抗は確実につかえるからなあ。昔家にあった五球スーパーラジオなんか俺が作ったんやで」

「へー。素晴らしいやん」

「そらそうや。俺淀工の電気科卒やで」

「すごいなあ。発明家やん」

「ちゃうちゃう。本に書いてあるやつを真似してそのまま作っただけや」

小学校の教室のすぐそばの小さな水田を借りて学校が米作りの実習をさせたことがあった。

「覚えてるか」

「うん。田植えをしたことがあったわ」

しかし大半の生徒は農家の子だったから先生の思いとは裏腹にそんなものに興味を示さない。それどころか家の仕事を嫌がっていたのである。結局農家の人がやったような覚えがある。先生が町の育ちだったのかもしれない。

「ザリガニをバケツ一杯取って役場へもっていくと確か十円もらえたやろ」

「男の子はやってたけどウチらはそんなことしてないわ」

ザリガニによる水田の被害が増えて農協の依頼で町役場がそんなことをしていた。

「校庭の西の池で鯰《なまず》を捕まえて振り回し飲み込んでいた小魚を吐き出させてたたきつけて遊んだこともあったなあ」

残酷なことをしたもんだ。大人になり島根の方で鯰の蒲焼という名物料理があると聞いた。うまいらしい。勿体ないことをした。


「ザリガニ取りはおもしろかったでえ」

蛙の足をちぎって餌にすることもあったがザリガニのしっぽの身を餌にして吊り上げることもあった。針はつけない。餌に食いついた奴をそうーっと引き上げる。たくさん居たから釣るのは簡単である。ブリキのバケツに入れて甲羅としっぽの真ん中を折り逃げ出さないようにしておく。

今のように ゲーム機はないしそれくらいしかすることはなかった。

「女の子は何してたん？」

「勉強や」

「嘘つけ」

「幹男ちゃんとこの庭で餅つきしたなあ」

「そや。最後になのし餅作ったやろ。あれ旧正月過ぎたら薄う切ってかき餅にしたなあ。縁側に糸でぶら下げて乾かしたやんか」

「うちとこは柔らかいうちに切ったで」

「あのつきたての餅をきな粉や餡で食べたなあ」

「俺はうるち米の餅が好きやった」

大路の家では父の弟の家が近かったこともあり年末は二つの家が集まって餅つきをしていた。大した娯楽のない時代だったから楽しみの一つでもあった。のし餅にヨモギや海苔或いはエビを入れた。前の日からもち米をつけて置き縁側には餅箱や餅粉を用意した。

もうやらなくなってから何十年になるだろうか。子供たちが巣立つまでだった。

役場の裏の方に大きな池があったがそこに悪ガキと行き、つけバリと言って八メーターほどの長い糸にたくさんの針をつけて沈める。土砂降りの雨が降るのにやったことがある。狙いはフナとどんこだったが大きなタイワンドジョウが居たので仕掛けは全部やられた。

家からは畦道を通ればすぐだった。

そんなことを思い出す。

とりとめもない話をして時間が来た。

「おおきに。久しぶりに顔見てたのしかったわ」

エレベーターの前まで見送り「またな」と言って別れた。


洗濯物を取り込んだら六時前になった。

今日の夕食はハンバーグである。

新しい担当である志賀先生は、

「熟年の方は肉系の蛋白質をたくさん撮ったほうがいいんですよ」と言っていた。年寄とは言わず熟年と言う。気を使っている。

「若いときは体内で蛋白質を作り出す能力があるんですがそれが段々衰えますからね。肉を食べてそれを補う必要があります」

結局は間接的に年寄だと言っているではないかと思ったが志賀先生ならなんとも思わない。ジジイと言われても我慢する。

幹男は昼抜きなので早く来たが成田さんはまだ来ていなかった。

「腰が痛いと言うてたわ」

三宅さんが言う。

「お昼はなんやった?」

「カレイの煮付けやった。ここの味付けは薄味すぎる。下手くそや」

「塩分取りすぎにならんようにしてるんやろ」

食べ終わったら今日はシャワーを浴びておしまいだ。

しばらくすると志賀先生が来た。

「インシュリンがちょっとしか出ていませんし出ても効きが悪いようですね」と今日の検査の結果を報告する。

「もうあかんと言うことですか」

「いいえそんな。当分の間インシュリンの注射をしていただかなくてはいけません」

「ずっとですか」

「A1Cが改善するまでです」

「入院はするんですか」

「通院で大丈夫です」

通院なら担当はこの先生ではない。

志賀先生はそう言って戻っていった。

「大相撲もペナントレースも終わったしテレビも面白ないわ」

見たいテレビがないので談話室で成田さんや三宅さんと駄弁《だべ》る。

日本シリーズはまだだ。どのチャンネルもバラエティというのか大勢のタレントが出てきてワッハワッハと笑うだけの中身のない番組だけだ。番組のプロデューサーは知恵がないなあと思う。

「まだ時代劇の方が面白いで」

地方テレビ局はこれまた古い時代劇をやっている。版権が切れた番組だろう。

このほうがよっぽど面白い時がある。

時代劇はいい。年寄向けだ。毎回ストーリーは代わり映えしないが単純明快だ。第一出てくる俳優も見ただけで悪もんかええもんとすぐ分かる。悪代官と悪徳商人が結託して弱い者いじめをして番組の終わる五分前頃にチャンバラがあって正義の味方が勝つ。

「大体あのチャンバラは一分くらいやな」

「そんなもん計ってるんかいな」

「いや計らんでも大体分かるがな」

三宅さんは今晩はよくしゃべる。

「それでも最近はちょっとずつやけどドラマも増えてるで」

「韓流やろ？　儂はあれは嫌いや」

「いや日本のドラマや」

やはりバラエティ番組もあきられているのかもしれない。世の中も少しずつ変わっている。

「九月場所は誰が優勝したんやったかな」

「白鵬やないか。代り映えせんなあ」

「うちの息子が若いとき言うたことがあるねん」と三宅さんが言う。

「なんて」

メタボとメタボが裸で抱き合ってあんなんどこが面白いんやと言ったそうである。

「なるほど」

「せやけど最近は小兵力士も活躍してるしスピードのある相撲も多いで」自分は大相撲ファンなので反論する。

「スピードがある言うても勝負がつくのが早すぎるで。その割には前置きが長すぎる。あんな何回も仕切りせんでもええがな」

「うーん。それはあるなあ」


昔、初代若乃花が大関になったときに門真に巡業に来たことがあった。およそ六十五年前だ。小学校の運動場に臨時の土俵を作り相撲をする。初《しょ》っきり相撲が面白かったのを覚えている。あの時は隣の公民館が宿舎だった。あの頃はじっくりと四つに組む力相撲が多かったようにぼんやりと思い出す。

「今日はどないやった」三宅さんが訊く。

「じっとしてるのがしんどかった」

「儂は自分の体からインシュリンが全然出てないそうや」成田さんは言う。

「せやからインシュリンの注射は四十単位くらいするで」

「あのノポラピッドをか」

「うん。ぎょうさん打って膵臓を休ませるそうや。うまいことといって膵臓が復活するのを待ってるみたいやけどこの歳ではなあ」

それで何度も入院しているそうな。

「せやけど先生が二人もついてあのぎょうさんの機械やろ。医療費が高うつくはずや」

「しかし儂らが払うんは一割やで」

確かに成田さんも自分も後期高齢者だ。

「しかも高額医療費補助というのがあってなオーバーした分はそれで賄うから僅かで済むようになってるしな」

成田さんはさすがにこの辺は詳しい。その補助は月単位で計算されるから自分の場合は十月からの入院なので十月と十一月の二回の補助があるらしい。

「うまいことやらんと損やで」

自分はさらに保険を掛けていたので一日単位で入院費用が給付される。

それも現役時代に生涯保険としていたので今は保険料を払わずに保険金だけ受け取る。

有難いことだ。

この談話室も八時四十五分になると電気が消される。みんなは病室に帰る。自分はイヤホンをつけながら九時からのニュースを見る。それも最初の十分だけだ。大体大したニュースはない。どうでもよいことばかりだ。

歳をとって少々のことには驚かなくなったということもある。若者にとっては重大なことでもあとわずかしかない人間には興味がわかない。関心を持てという方が無理なのかもしれない。

今日は負荷検査があったのでその間ウトウトしたのかなかなか眠れない。

今日はいろいろあった。

いとこも面会に来てくれた。靖子なんかは長いこと会っていなかったが話をするうちにすぐに昔を思い出した。

それを反芻する。とりとめもない話ばかりであったが同じ年代でないと分かり合えない話ばかりであった。いや年代だけでなく育った環境も同じでないとお互い通じない。

小学校時代の同窓会がここ十年程続いているがしゃべる内容は大体似たようなものである。しかも毎回同じような話をする。それでも皆は満足している。高校の同窓会もあるが共通の話題が多いのは小学校時代なのでその同窓会が一番楽しい。

そんなに飲み食いするわけでもない。喋る時間と場所が欲しいのだ。時間はたっぷりあるので終わってからも大勢連れだってカラオケに行く。ここでも当時の歌を歌い昔を思い出す。

中学の時に怖い数学の先生がいた。生徒が当時流行った歌謡曲の「お富さん」を歌っているとそんなくだらない歌を歌うなと叱られたことがある。どこがくだらないのかさえ分からなかった。当時はあの歌詞の意味も全然分からなかった。
歌詞の中に『粋な黒塀見越《くろべいみこ》しの松に』というのがあったが大きくなるまでずっと『神輿の松』だと思っていた。お祭りの時に出る神輿にそんなものが付いてたのかなと思っていた。また『源冶店《げんやだな》』というのも何のことか全く分からなかった。まあ教養がなかったのである。

小学校の同窓会には遠く東京からでもやって来るのがいる。それも毎年である。二人よれば薬と病気の話だ。とはいえここに出てこられるのは一応健康な人間ばかりだ。重い病気の人間は出ていきたくても行けない。考えてみれば参加している間は至福の時かもしれない。

幹男が小学校に入学したのは昭和二十二年四月だった。丁度この時に新しい学制がスタートした。国民学校が無くなり先生も戸惑っていた。国語の教科書はかなりの部分が黒塗りされていた。進駐軍の気に入らない文言はすべて消されていた。ちょっとでも軍国主義につながるような言葉は徹底して排除された。

畦道を通り京阪電車の線路を超えると南側に小学校があった。東を向いた木の門をくぐると右側に二宮金次郎の石の像がありすぐ横が講堂で左に平屋の教室があった。イ組、ロ組とあったように思うがひょっとすると一組、二組と呼んでいたかもしれない。教室の東側には小川が流れており細い畦道が一番村の方に繋がっていた。反対側には校庭を挟んで昔の高等小学校の大きな二階建ての建物が残っていた。

四年生の二学期になるまで給食は無かった。それまではみんな弁当を持って行ったがなかには持ってこられない生徒もいたように思う。可哀そうだった。幹男の家は農家だったので米に困ることはなかったが弁当の中身はほとんどが日の丸だった。

入学したときの記念写真には国民服を着た冴えない表情の先生たちが映っている。みんな自信を無くしていたのだ。

中学校は古川橋の駅の近くにありここも古い木造の小さな学校だった。

今はもうない。校舎も取り払い更地となっている。自分が出た学校が無くなっているのを見るのは悲しい。たとえ廃屋になっていても残っていてほしかった。廃止の理由は生徒数が減ったからだという。それでも取り壊すこともないだろう。

淀工ではサッカーをやった。毎日二時間目が終わると持って行った弁当を食べ昼時は近くの駄菓子屋でパンを買って食べる。二回昼飯を食うのである。よく食べた。放課後の練習が終わると腹が減ってしょうがなかった。

真面目に勉強した友達に松下電器に入り事業部長にまでなった男がいた。まあ自分も最後は組長だったから頑張った方だと思う。

しかし勉強はしていなかった。ほぼ百%の生徒が高校で終わる。大学に進学するわけではないからそれほど熱心に勉強しない。

先生の方も適当だった。対外試合をするときは堂々と授業を休むことができた。このためやたらとオープン試合ばかりしていた。

松下は学歴にあまり左右されずに昇進するみたいだった。製鉄所は学歴がものをいう。しかも企画職は有名大学を出た人ばかりだ。それも超が付くほどの。

尼崎時代に高炉の羽口の爆発事故が起きたことがある。作業床の前に羽口から真っ赤になった鉱石やその溶けかけたヤツやコークスが噴き出しそれが堆積していた。ものすごい熱だった。周りの電線類はほとんどが焼けていた。熱風本管といって千二百度もの熱風を流す配管があり、そこについている電線類を外さなくてはならずいい加減な命綱をつけながら足場もなく高所で作業したことを覚えている。命がけだった。不眠不休で復旧工事に当たった。一週間ほど家に帰れず操作室の制御盤の裏で仮眠したことを思い出す。下着などはそのままだった。風呂は入ったが衣類はそのままだ。自分でもその匂いが分かった。

電線ダクトの中の電線類は溶けてくっついてしまっていた。このため仮設の電線を引いたがそのルートを確保するのに苦労した。電線類は特殊なものなので入手するにも時間がかかった。

この時の経験を買われてインドネシアへいったのである。国営製鉄所が火災事故に遭いその復旧工事の応援に行った。

仕事は大したことはなかったが色々と楽しい思い出もある。首都のジャカルタの北百キロほど先にある製鉄所だった。

暑いところだった。赤道直下だから年中夏である。なんでこんな暑いところに製鉄所なんか作るのかと最初に思った。

日本人のチームは十人だった。

当時はカラオケがなく持ち込んだテープレコーダーの曲でビールを飲んで騒いでいた。何かの記念で山羊の丸焼きを食ったことがある。朝から焚火の上で棒に刺した一匹の山羊をゆっくりと回転させながら焼くのである。内臓の代わりに米を入れる。それをくるくる回す人間も雇うのである。

回教国だから豚は食べない。しかし山羊はあんまりうまくない。後日ジャカルタまで牛肉を買いに行かせて牛のしゃぶしゃぶを現地の幹部に御馳走したことがある。

こんなうまいものは初めてだと言って数年して来日したときに是非もう一度あれを食べたいと言ったそうである。

自分は仕事の都合で三か月もたたずに帰国したがプロジェクト自体は成功裏に終わったと聞いた。その時でも首都ジャカルタは都会で大きなホテルや独立記念塔があったが田舎に行くと汚かった。格差を感じた。

しばらく経ってシカゴの製鉄所に行くことがあった。エライさんのかばん持ちである。

アメリカのＵＳスチールと言えば戦前から終戦直後までは世界一の鉄鋼会社であったが自分が行った時はびっくりした。一世代前の設備のままであった。日本では溶鉱炉と言えば分厚い鉄板でおおわれているがここはレンガを積み上げて鉄のベルトで縛っているだけである。炉体のいたるところから危険な一酸化炭素ガスが漏れそれぞれに火が付いている。いやつけられている。燃やして無害化しているのである。

帰りの車の中でエライさんが言った。「もう彼らから学ぶものはない」と。

高度成長期に日本の鉄鋼業は日本の産業界を引っ張った。造船業界もそうだ。自動車産業は萌芽期だった。あの頃我々は明日ということを心配しなかった。明日は必ずいい形でやって来る。

その成長期に自分は居た。日本の会社は図に乗りすぎてニューヨークの不動産を買い漁り有頂天だった。アメリカ人の反感が増えた。

そして衰退が始まった。

やがて終わりが来た。

そんなことをぼんやりと考えながらウトウトし始めた。

天井の一部が少し白くなった。

見回りの看護師さんのライトの明かりだ。

異常がないか確かめている。ご苦労さんなことだ。

先ほどのことを思い出す。自分は一番いいときに会社人生を過ごした。鉄の世界も変わった。アメリカから日本に主導権が移りその後韓国へそして今は中国が最大の生産国だ。インドが猛追している。いずれ代わるかもしれない。生々流転とはよく言ったものだ。

門真もそうだ。あの田圃ばかりだった田舎は高速道路やモノレールが走り隔世の感がある。周りはコンクリートだらけだ。

さっき看護師さんのライトの光を見て一瞬あちらかなと思った。最近は子供の頃ばかり考える。人間五十年というがもうそれも随分前に通り過ぎてしまった。あちらでは両親も兄も姉も嫁も待ってくれる。しかし今の世に未練がないこともない。無性に子供時代に戻りたい。お宮さんで蝉を追いかけたこと、淀川のたまりでタビジャコを捕ったことなど素晴らしい世界があった。あの時代に生きることができた。

臨終の場では周りの人の声が聞こえるのだろうか。見えていなくても聞こえるのではないか。兄の時はずっと眠ったままだったので分からないが静かな死だった。

自分もああいうような死に方ができるだろうか。終戦の時に兄はもう在郷軍人会の手伝いをさせられていた。戦争と食糧難という一番ひどい時代を過ごした。戦争が終わってからも兄は苦労した。

家の前の水田を思い出す。縁側で冷えたまくわ瓜を食べながらぼんやりと田圃を見ていた。いつの頃だったたか。

こうやって現実と妄想が混じって行くのだろうか。
その朦朧とした意識の中で旅立つのだろうか。
何の変哲もない人生だったかもしれない。
もう終わりだとは思わないがいずれにしてもあと少しだ。それまで平穏に過ごしたい。

今日も一日が過ぎた。

病室の白い天井を見ながらそんなことを考えた。

完

ルーツ

一

北海道の屋根とも呼ばれる石狩山地は大雪山をはじめ今も噴煙を上げる十勝岳など多くの山を擁し広大な山地を形成している。

その十勝岳の東方に標高千二百メートルたらずの白雲山という小さな山がある。そこに向かって歩く四人の男の姿があった。一人は六十歳前後とみられる男で残りの三人は学生風である。

登山口からは健脚であれば一時間半もあれば登れる。高さは大したことはないが頂上からの眺めは素晴らしい。眼下に美しい然別湖《しかりべつこ》の湖面が望めはるか左手彼方には三人が一昨日登ってきたばかりの十勝岳が見える。また後ろをふり返れば雄大な十勝平野も見おろすことができる。

今は夏だが積雪の頃になっても高さが低いのが幸いして初級者でも比較的手軽に冬山に登ることができる。初心者向けの山としても愛好家にはよく知られている。

大学生三人は岩手県の盛岡にある大学の工学部の電子工学科に所属する三年生である。

ただし一人は浪人を経験しているので年齢は同じではない。

それぞれ杉本和彦、大竹栄治と野田慎一である。この野田が一つ年上である。三人は夏休みを利用して北海道一周旅行をしている。

野田は大学のワンダーフォーゲル部に所属しており今回の旅行のリーダー役である。

他の二人は部には所属していないがハイキングが好きなので野田に付き合ってついてきた。

大きなザックを背負ってこれまで羊蹄山《ようていざん》、樽前山をはじめ利尻富士や知床の羅臼岳や十勝岳も登ってきた。

初老と思われる男は室蘭に住むサラリーマンで妻と一人娘を連れて然別湖の温泉にやって来ていた。娘は幸恵《ゆきえ》といい帯広にある畜産大学を卒業して大学にのこり助手をしながら研究を続けている。

学生とこの男は昨日のホテルで知り合ったばかりである。

旅のうえと言うこともあり四人は話をするうちに意気投合した。

男は中村利男と言い訊けばまだ六十歳にはなっていない。室蘭にある中堅商社の支店長であるという。この会社は製鉄所の資材や機械を取り扱い、南は大分、八幡から北海道は室蘭に至るまで製鉄所の近くに多くの支店を持っている。転勤が多く彼もまた多くの支店を渡り歩いてきた。子供の学校のこともあり単身赴任もせざるを得ないときもあった。

「いや私はね、学生時代にこの然別湖へ来たことがあるんですよ」中村は話し始めた。

「当時はね、まだ電気が無くて小さな自家発電機はあったものの燃料の節約もあって夜はランプの明かりしか無くてねえ」

「このホテルがですか」

「いやそこはもう潰れただろうね。ここよりももう少し奥の方にあったような気がする。あの頃はユースホステルと言って自分のシーツさえ持っていけば安くて泊まれたんですよ。こんな立派なホテルではなかったねえ」

学生三人は目を輝かせて聞き入っていた。

「風呂はあったのですか」

「それはあったと思うけど混みあうのでたしか外の露天風呂に懐中電灯をぶら下げていったことは覚えているねえ」

「大きな風呂でしたか」

「いやいや真っ暗な林の中に六畳間程度の池のようなものがあってね、微温《ぬる》かったし中には藻のようなものがありぬるぬるしていてすこし気持ちが悪かったなあ。鳥の鳴き声が聞こえるしちょっとスリルはあったよ」


会社に出れば若い男もいたがうちとけて話すような雰囲気はあまりなかったし家では妻と娘の女だけの家庭だ。

しかもその娘も六年前から帯広のアパートに住んでおり自宅におらず妻と二人きりの生活で何となく物足りなかった。

今夜は久し振りに若い男を前にして中村は軽く興奮していた。

「食事はどうでしたか」

「ウーン。やはり安いだけのことはあったね。その当時湖で養殖していたザリガニをから揚げにしたのがでてきてね。私は田舎の育ちだったのでザリガニと言えば田んぼの泥の中にいる奴しか知らない。泥臭いんだよね。それが皿の上にデンとのっている。それでもおそるおそる食べたよ」

「いけましたか」

「ウーン。まあエビだね。エビの味だ。うまいとは思わなかったけどそれしかなかったから食べたよ」

物に溢れ文化的な生活しか知らない若者にはかえって野生的で新鮮に聞こえた。

この後よもやま話を続け遅くまで話し込んだ。商社の営業マンをしているだけあって中村の話しぶりも面白かったが杉本は時折娘の幸恵をチラチラと見ていた。

色白でうりざね顔はよく見ると可愛い。

逆に野田はそんな杉本の様子を見ていた。

中村は三人がこれまで行ってきた旅先の話をしてくれとせがんだ。

三人は知床半島の羅臼岳の頂上に立った時の感激を話した。

「知床半島を跨いでいるかと思いましたよ。半島の先がこういう具合に三角形になっているんですよ。途中の雪渓がすごくきれいでその雪解け水を水筒に入れて登りました」

「羅臼から登ってウトロに降りたんですが前日に羅臼の町でトドの焼き肉を食べに行ったんです。全国でもそこしかないと聞いていたので興味本位で行きました」

「どうでした？」

「一寸臭いはありましたがまああでしたね。第一安いんで我々学生向きですよ」

「そこの女将さんが羅臼の山岳会の会員と言うことも聞いていましたし」

「国後島《くなしり》があんなに近いとは思いませんでした。ほんとに足下ですよ。あれが外国なんですねえ。中に湖があるのか少し光って見えました」

「十勝岳を登るときはあまり周囲を見る余裕は無かったのですが下りるときは麓に白金温泉が見えてずっとパノラマを見ながら下山しました。山の中腹はもう色づいていてあの景色はすばらしかったですよ。やっぱり北海道はデカいなあ」

「利尻富士は夜間登山でしたが途中からは雨でさっぱりでした。北海道で夜間登山できるのはあそこだけなんです。熊がいないからです。それで行ったんですけどね。頂上の手前で引き返しました」

中村はご機嫌であった。三人にビールを注文して話は続いた。

中村の妻は寧子《やすこ》と言い五十七歳である。今娘は帯広にいるので夫婦二人で室蘭の社宅に住んでいる。社宅と言っても民間の家を借りているだけである。まもなく利男は定年なので娘も連れて思い出の然別湖に来たのである。

「明日はどうするの」

「白雲山に登りそのあとは根室まで行き根釧《こんせん》原野から摩周湖によってそれからずっと東の尾岱沼《おだいとう》の方に行く予定です」野田が答えた。

「その山は素人には無理かな」

「お父さん。登るつもり？」それまで黙って聞いていた幸恵が口をはさんだ。

「登りだけで一時間半もあれば行けますよ。お二人も如何ですか」杉本は幸恵を誘いたいらしく口を出した。

「私は母とこの奥の山田温泉にまで足を延ばしたいわ。ねえお母さん」と同意を求めるように言った。母はにっこりうなずいた。

「いや俺だってそれくらいの山なら登れるよ。良ければ連れていってくれませんか」中村は行きたがった。

「白雲山と言えばたしか二千メートル以上あったように思うけど」幸恵は心配して口をはさんだ。

幸恵が言っているのはここよりずっと北にある白雲岳のことで、たしかにそこはもっと高くアプローチも長い。

「いやいや我々が行こうとしているのは白雲山といって千二百メートルほどでここからなら四百メートルほど登るだけですよ。ねえ」杉本は何とか幸恵を誘いたいらしく振り向きながら傍にいたホテルの人間に同意を求めた。

従業員は、

「湖の前に見えるほらあの山ですよ。ここから南に行くと短いトンネルがありましてそこを抜けると登山口があります。案外、冬に人気がありましてね。ある程度雪が積もっている方が歩きやすいと初級者がよく登られています。もっとも先頭でラッセルする人は大変ですがね」

「それでは同行させてくださいよ」

学生三人には異論は無かった。杉本はなんだ親父だけかと一寸残念そうだった。

「往復でも三時間あれば十分ですが念のためお弁当を持たれたら如何ですか。今からならおにぎりくらいしかできませんがまだ間に合いますよ」と従業員は言う。

「帰ってきてからでもいいですが」

「いえ。ここではお昼はやっていませんし近くに適当な店もありません。どうせなら見晴らしの良い頂上で食べたほうがうまいですよ」

従業員の勧めに従って全員おにぎりを持って行くことにした。

目の前の湖畔を少し歩けば蛍の乱舞が見られるところもあったらしいが夜も遅いし皆は少しの疲れも感じていたのですぐに寝ることにした。

翌朝は朝食をすませると九時過ぎにホテルを出た。少し歩いてトンネルを過ぎると登山口の看板がある。ここから野田はクマよけの鈴を腰にぶら下げる。

登山口を過ぎるとしばらくは林の中の緩やかな道を通り抜ける。林の切れ目からは眼下に然別湖の青い湖面がチラチラと見える。

然別湖は川が溶岩で堰きとめられてできた標高八百メートルほどの高さの小さな湖で冬場に湖面が凍結すると氷上まつりが開かれる。ワカサギ釣りが行われそのほかイワナなどが生息している。平坦な道を過ぎると坂と岩の多い道に代わる。段々と岩が大きくなり岩だらけの尾根道となる。大きな岩を這い上がれば頂上となる。

学生三人は中村に合わせてゆっくりと登ったが中村は何とかついていくという感じであった。途中二度ほど休んだがそれでも二時間はかかっていない。

天気が良かったせいで頂上からの眺めは素晴らしかった。四人は梅干しの入ったにぎりめしを口にした。

「あれが十勝岳ですよ」野田は西北の方角を指差しながら中村に説明した。

「ここから見るとそんなに高くは見えないなあ」まわりが雄大な大雪山系なのでたしかに大きくは見えない。

「あそこを登ったの？」中村は感心してそう言った。

「あの頂上からは向う側に下りたんですが見晴らしは良かったですよ」と野田が説明する。

「ここからは見えませんが火口からはものすごい水蒸気が立ち上っていてゴーという音もしてました」あまりしゃべらなかった大竹も話し始める。

「商社というのはどんなことをするんですか」就職活動はまだまだであるが野田が訊いた。遅れて入学したこともあり早く就職しなければという気持ちもあった。

「ウチみたいな中小の商社はお客さんの近くに倉庫を持って注文に応じてものを納めたりするだけですよ。それとか価格の安い商品を探してお客さんのコストダウンに協力するとか新しい品物を持っていくとか要は顧客ニーズの開拓かな」

「電子機器なんかもあるんですか」

「皆さんの専門は電気でしたね。ええありますよ。結構新しいものも扱っています。例えばレーザーとかマイクロ波や通信機器ですね。当社に専門の担当者はいませんが詳しいことを教えろと言われたら大体メーカーの技術者をつれていきますけどね」

「やはりメーカーが一番詳しいですか」

「そりゃそうですよ。お客さんのなかには結構詳しい人がいましてね。専門的な質問をする人がおられて我々では対応できません。商社の人間が中途半端なことは言えない場合が多いですよ」

皆さんのように技術の有る人はいいですよねとも言った。


「そろそろ下りますか？　飯も食べたし」

「下りるときは注意してくださいよ」と野田が言った矢先だった。

「あっ！」中村が大きな岩の上で滑った。

二メートルほど滑って下の岩の出っ張りで止まった。

横向きになりウーンと言ってじっとしている。

「大丈夫ですか？」

三人は近寄って声をかけた。

「ウー脇腹を打った。ちょっと待って！」

ハイキングシューズは履いていたがどうやら苔の上を踏んで滑ったらしい。

腹を押えている。

野田はまずいことになったと思った。杉本は携帯電話を持っている。

「お前、ホテルに電話してくれ」

ホテルの電話番号は控えている。

しかし電話は頂上付近では電波が届かないのか通じなかった。

しばらくして中村は身体を起こした。骨折はしていないようだと言ったが右足のズボンの上からはかなりの血が滲んでいる。とりあえずタオルで止血をしたあとおぶって帰るしかない。

野田はテキパキと指示した。

「杉本。お前は先に下山してくれ。登山口までいけば携帯が通じるだろう。そこからホテルに電話して救急車を呼んでくれ」

「分かった」

「いや何とか歩けるから大丈夫ですよ。それよりも肩を貸してほしい」

頂上付近の大きな岩場を野田と大竹が中村の手を引きながら慎重に降りた。

そこを過ぎると中村は野田の肩を借りてゆっくりと歩く。

しばらくしてやや緩やかな道まで来ると救急車の音が聞こえてきた。帯広市内から来たみたいだ。

三人の救急隊員が担架を持って登ってくるのが見える。野田と大竹は中村と共に救急車に乗って帯広市内の病院に向かった。

右足の怪我は大したこともなく骨折も無かったという。ただ脇腹の打撲は内出血がありかなり腫れあがっている。

まもなく杉本と一緒に幸恵と寧子が病院に駆けつけた。

二人は野田ら三人に対し恐縮しまくっていた。

野田も誘った手前申し訳なく思っていた。

幸恵と寧子は病院に残ったが野田ら三人はバスでホテルに戻った。


「まずかったな」

三人はホテルで夕食を摂りながらも言葉少なかった。

「事故だもん、しかたないさ」


翌朝三人は予定を変更し帯広の病院に向かった。

中村は元気になっていた。三人が見舞いに来てくれたことに大変恐縮していた。

「イヤー申し訳ありませんでした。私の不注意で貴方がたの楽しい旅行をつぶしてしまい申し訳ない。許してください」

「いいえそんな。傷は大丈夫でしたか」

「大丈夫です。ただしばらく様子を見て今日か明日に退院の予定です」

寧子は、

「本当にごめんなさいね。下山の時は大変だったみたいで」

「御世話になりました。一緒に居てもらってよかったです」

幸恵も言った。

「これからどうされるんですか」

「釧路に向かい根釧原野を通って摩周湖に行きます」杉本は答えた。そう言いながらも幸恵の方を見ていた。幸恵も彼の視線を感じていた。

二

盛岡に帰った三人に間もなく幸恵から丁寧な礼状と共に北海道のラーメンの詰め合わせセットが届いた。三人が下宿生活をしていると聞いていたからであろう。

杉本は幸恵に返事を認めた。メールではなく手紙である。書いているうちにだんだん気分が高揚してきた。

二度ほど手紙をやり取りするうち互いの携帯電話の番号を知ると今度はメールに代わっていった。幸恵は悪い感情は抱いていないようだ。杉本は会いたくなり札幌で会わないかと提案した。盛岡からなら日帰りで往復できる。帯広からでも三時間もあれば行ける。既に十一月になっていた。

杉本はただ単に幸恵と会ってもっと彼女のことを知りたいだけであったが幸恵は相談したいことがあるようだった。

ＪＲの札幌駅の南にある喫茶店で久し振りに会った。

幸恵は二十四歳という。今春、畜産学部の獣医学課程を卒業したばかりで今は助手として研究生活を続けている。但し正規の助手ではあるが期間限定である。大学院に進学する道も勧められたが父母の負担を考え何とか自活できる道を選んだ。

最近では助手の口もなかなかないが教授の計らいでなれたのである。将来は獣医師として独り立ちしたいと考えていた。犬猫病院のようなものではなくいくつかの牧場を担当する専属の医者としてである。

杉本は三歳、学年でいうなら四歳も年下なので少し気遅れはした。

相手は有名大学の卒業生でしかも今は助手である。一方こちらはどこにでもあるような大学の理系の三年生になったばかりである。

相手が眩しく見えた。

「ところで相談というのはどんなこと？」

幸恵が言いにくそうにしているのでこちらから訊いてみた。

「献血していただけないでしょうか」

「なんだ。そんなことですか。いいですよ。ただ僕はB型ですがそれでもいいですか」

「何型でもいいのよ。献血すると献血カードがもらえるでしょ。それがほしいの」

そんなものが大学で必要なのかなと思う。

「それくらいなら友達にも頼むよ」

「有難う」幸恵はほっとしたように言ったがまだ何となく表情が暗い。

ひと息おいて言った。

「実はね。母が乳ガンなのが分かったの」

症状は重く乳房を切除する必要があるそうだ。その際に輸血が必要となる。献血カードがあると優先的に血液を廻してくれるらしい。

大学には大勢の学生がいるからそこに頼めるのにと一瞬思ったが幸恵の頼みである。何とか応えたいと考えた。

大竹や野田もいる。

彼らなら協力してくれる。

「三人分くらいならすぐに集められるよ」

「ああ、あとはこの前の二人ね」

「三人だけでいいかい」

「ええ、助かるわ。本当はA型なら直接輸血できるんですけどね」

そこでまだ言い淀んでいる。


「幸恵さんはA型ではないの」

「私はB型なの。……父はO型で母はA型なんです。……変に思わない？」

「？　いや。別に」

「OとAからはBは生まれないのよ」

「えっ。どういうこと？」

実の子ではないのか。

「戸籍では実子となっているわ」

「それじゃあ問題ないじゃないか。……血液検査の間違いではないの？」

父母はこの前、東室蘭の病院で検査をしたばかりである。自分は中学校の時にもしているし大学でもちゃんと検査をしている。

これまで母はＡＢ型とばかり聞かされてきた。

Ｏ型とＡＢ型からならＢ型は生まれる。

杉本はその組み合わせをすぐには理解できなかった。

まさか不義の子？　と一瞬考えた。


幸恵の暗い表情の意味が分かった。誰にも言えず一人で悩んでいたようである。

「両親には言ったの？」

「いいえ、まだよ」

杉本はどのようにアドバイスすればよいか分からなかった。戸籍は実子となっている。

事実関係が理解できない。

血液検査は正しい。極めて特殊な例なのかもしれない。しかし血液型の組み合わせは遺伝学的に証明されている。統計的なものではない。それなら特異な例もあるだろうが。

幸恵は獣医学が専門だ。それくらいのことは知っているだろう。

両親は北海道で会った時の印象では一人娘を溺愛しているようだった。杉本の目には幸せいっぱいの家族に映った。

「御両親に素直に言ったら？」

「怖いのよ」

「幸恵さんはどこで生まれたの？」

「岡山の病院になっているわ」

「へー。その時は岡山にいたのか」

「いえ姫路だったそうよ。そのあと加古川、君津、釜石と父に随って随分いろいろと変わったわ」

まさか赤ちゃんの取り違えではないか？

たしかそんな事件があった。


「母子手帳に書いていないかな？」

「さあそんなの見たこともないけど」

「だれにでもあるよ。それを見れば分かるんじゃないかな。生まれた時の体重や身長やほかにも予防接種を受けた履歴なんか書いてあるよ」

杉本はもちろん見たことがある。母親がこんなに予防接種を受けたのよと言って見せてくれたのを憶えている。

帰る時間も迫ったので二人は別れた。

ＪＲの札幌駅まで見送った。

大竹と野田は事情を話すと気持ちよく献血してくれた。ただし幸恵と両親の血液型については何も言わなかった。

三

杉本は大学の図書館で血液に関する本を読み漁った。難しい。読んでいるうちにいまの世であればDNA検査があるではないかと思い付いた。彼女の大学の研究室ならDNAの検査装置もある筈だ。よし今度会うときはそれを言おう。しかしそのあとのことは何も考えていない。というか思いつかなかった。

幸恵の方が動きが早かった。不安でどうしようもなかったのだろう。二日の休暇を取って室蘭に帰り母の入院先に向かった。父の利男も仕事が終わってから見舞いに来ていた。

「心配かけてごめんね」寧子は済まなさそうに言った。

両親が揃っている。

幸恵は大きく息を吸い気持ちを強く持って言った。

「ううん。それよりもお父さんお母さん。今日は聞きたいことがあるの」

寧子は娘の目つきから察したのか表情が変わった。

「お父さんの血液型はO型、お母さんはA型でしょう？　どうしてB型の私が生まれたの？」

幸恵は短刀直入に訊いた。

大きく目を開き二人を見据えた。


二人はしばらく下を向いて黙っていた。

やがて利男が苦しそうに口を開いた。


「お前は里子なんだよ」

「じゃあどうして戸籍には実子となっているの？」

寧子は覚悟していたかのように口を開いた。

「今まで隠していてごめんなさい」

「幸恵。……我々には結婚しても子供ができなかったんだよ長い間。そりゃ色々と不妊治療もしたよ。しかしできなかった」

「悩んだわ。何も悪いことなど一つもしていないのにどうして？　とも思ったわ」

「そのとき里親制度があることを知ったんだよ」

親のいない子やどうしても育てられない子供を引き取る制度だ。

姫路にいたときに祈るような気持ちで申し込んだ。


しばらくして岡山の乳児院から来てほしいと連絡があり二人は出かけた。

生まれてひと月ばかりの女の子の里親になってくれないかという依頼である。そこの院長は女性だった。二人の熱意を推しはかっている。いい加減な気持ちで引き受けてもらっては困る。当然である。犬や猫の子を貰うのとはわけが違う。

後に二人に実子ができた場合のことを心配している。

これまでもこの乳児院から数名の乳幼児を里子として出している。その後にいくつかの問題が起きている。この夫婦は大丈夫だろうか。その点が一番心配だ。

そのくせその手続きは結構面倒である。

院長は二人の子供を育てる熱意を確認した。

二人のこれまでの状況を訊いて二人の間にもはや子供はできないだろうと考えた。

院長は意を決した。

おもむろに院長は口を開いた。

「この子を実子として引き受けてもらえませんか」

二人は顔を見合わせた。

「どういうことですか」

「この子は生まれてまだひと月くらいです。今なら実の子としても育てられます。まだ出生届けも出していませんから」


「そう急に言われても」

「子供を育てる気持ちはあるんでしょ？」

院長は畳みかけた。

「もちろんありますが」

寧子は応えたが利男は慎重だった。

「親とかに問題はないのですか」

「母親は病気のようで自分には育てられないとここに預けていきました。亭主にはついこの前に死に別れたようです」

二人はより詳しく訊こうとしたがそれ以上はガンとして言わなかった。

院長は優に六十を超えているようで威厳があった。背筋をピンと伸ばし人格高潔という感じだった。

一人の人生を預かっているという強い責任感のようなものが感じられた。

しばらく沈黙がつづいた。

やがて利男は寧子の目を見ながら言った。

「どうだろう。我々の子供としては」

寧子にも異論はなかった。しかし院長はこの子の素上についてはとうとう何も言わなかった。しかし犯罪者の子でも問題の有る親の子でもないことだけははっきりとしているとも言った。強弁しているようには見えない。

その堂々たる言いかたには嘘偽りなどは微塵も感じられなかった。

二人はその言葉を全面的に信頼することにした。

利男と寧子はこれらのことを行きつ戻りつしながら話した。

「我々はお前を授かったと思って有頂天だったよ」

「貴女を胸に抱いたときやっぱり神様はいるんだと思ったわ」

「思ったより軽かったし小さかった。本当に可愛かった。天使だった」

「徹夜で名前を考えたわ。我々が名前をつけたのよ」

「市役所で届けを出す時は手が震えたよ」

幸恵はどう言っていいか分からなかった。


自分は里子だった。それを今まで実の子として育ててくれた。

里子だなんて一度も考えたこともなかった。

一瞬目の前が暗くなった。

しかしいつも二人は精一杯の愛情を注いでくれたことも思い起こした。学校の参観日、運動会、卒業式や遠足のことも。

今まで疑うこともなく思い切り甘えてきた。

自然と涙が溢れた。

「お父さん、お母さん。有難う。よく言ってくれたわ」

三人はしばらく泣いた。


寧子は幸恵をここまで無事に育てられたことがいまさらながらうれしかった。利男も幸恵がいるおかげでいろいろと楽しい思いをさせてもらえたことを思い出した。幸恵がいてくれたからである。

利男と寧子は幸恵が取り乱さないので安心した。幸恵は幸恵で今まで以上に二人が大事に思えた。

四

帯広に帰って気持ちの整理はついたような気がしたがしばらくすると一体自分は何者なのだという思いが勃然と湧いてきた。

実の親はいる。生きているのか死んでいるのかは分からないが。しかし生きているとしたら二十五歳で自分を産んだとすると五十歳になる頃だ。

一目会いたい。自分が娘だということを言いたい。思いは募った。しかし今の親には言えない。言えば二人はどう思うだろう。

一生懸命育ててきたのだ。自分たちの許から離れていくと思うかもしれない。きっとがっかりするだろう。二人に悲しい思いはさせたくない。


杉本に電話した。

再び札幌で二人は会った。

「そうだったのか」

杉本は話を聞くと優しい表情で言った。

彼は年下であったが何か人を包み込むような大きなものを持っている。

「岡山へ行ってみたいの」

岡山は遠い。一緒についてきてほしいと言われた時に即答はできなかった。

杉本は費用が心配だった。その表情を見て幸恵は言った。

「お金なら大丈夫よ。それくらいなら貯金もあるし今のお給料でなんとかできるから」

「うーん。でも」

杉本はやや古風なところがあった。女に金を出してもらうなんてというこだわりがあった。

幸恵の両親が話していた乳児院の名前は「エンジェルホーム」とだけしか分かっていない。住所もJRの東岡山というだけしか聞いていない。両親に訊けばよいのだが行くと言えば恐らく反対されるか心配をかけるので言えなかった。

結局いまのところ相談できるのは杉本しかいない。

二人は幸恵が札幌千歳から杉本は花巻空港からそれぞれ飛行機で行き伊丹空港で待ち合わせることにした。

杉本が一時間半ほど待つことになる。伊丹からは新大阪までバスが出ている。そこからは岡山まで新幹線で行く。

乳児院は現在全国で百三十余りあり今は厚生労働省が管轄する。文字通り孤児や自活不能な親から乳児を預かり養育する。かつては戦災孤児などを育てていたが近年はその対象は変わってきている。

事前に問い合わせていた岡山県からの返事ではエンジェルホームと言うのはもう今はないということだった。行く前からそれは分かっていたが幸恵は何としても出かけて行って何らかの手掛かりを掴みたかった。


東岡山駅というのは山陽本線で岡山駅を東に少し戻ったところにある各駅停車しか停まらないような小さな駅である。駅のホームも狭い。

山陽本線と並行して走っている山陽新幹線の下の道路を越えた山側の方にかつて在ったというエンジェルホームに向かった。

院長は吉田栄子といったがすでに亡くなっている。ホームも十年ほど前に閉鎖されている。

息子さんが住んでいた。と言っても六十近い。その人が出てきて対応してくれた。この付近の民生委員をしているという。

「さあ私にはまったく分かりませんがそのような事情なら何か手掛かりがあるかどうか探してみましょう」

吉田栄子のかつての居室は亡くなってからもそのままになっており半ば物置みたいになっている。

二つの本棚に多くの書類が埋まっている。

その息子さんは慎治といい気さくに応じてくれた。

「お尋ねの事案なら昭和の終わりですかね。それとも平成の初めか」

何冊かファイルをめくっていたが「里親」というファイルを探し出した。

その中に一枚の書きつけが綴じてありこれだけが様式が違っている。入院日時が昭和四十六年三月八日とあるほかは乳児の血液型はB型で性別は女そのほか名前、親の氏名、住所、連絡先および里親の住所、連絡先は全て空欄になっている。

またこのページの全体には鉛筆で×印が入っている。

空欄に鉛筆で姫路と記されている。

おそらくこれだろう。幸恵の誕生日は昭和四十六年三月十五日である。勿論戸籍上でだ。これに近いし血液型も一致する。

しかしこれだけでは何も分からない。そうかもしれないと言うだけで自分のことかどうかも分からないし親を特定することもできない。

「ほかに手がかりが掴めるようなものはありませんか」

「さあ。アー……あれはどうかな」

大きな本棚の引き出しを開けて長さが五センチくらいの小さな桐の箱を取出した。

へその緒だった。杉本は少し怯んだが幸恵は平気だった。箱の表には「へその緒」裏には柵原町助産婦　高倉幸子と書いた紙が貼ってある。

しかしさきほどのファイルの書きつけとの関係が皆目分からない。

「これをしばらく預からせていただけませんか？」

息子さんも処分に困っていたので拒む理由はなかった。

岡山駅まで戻って駅の南のビジネスホテルに泊まった。シングルを二部屋取ったが幸恵は興奮して眠れなかった。

杉本の部屋を訪ねると杉本は「あのへその緒をどうするの？」と訊ねた。

「私のＤＮＡと比較するの」

「ＤＮＡ検査なんか簡単にできるの？」

「検査装置は私の研究室の中にあるのよ。専門の業者に出すと時間もかかるし高くつくけどウチなら簡単よ」

「へその緒は分かるけど君の分はどうするの？」

「髪の毛や爪でもいけるわ」

ふーんと言いながら杉本は幸恵の髪の毛をさわった。幸恵は抱きついてきた。口づけを交わしようやく二人は結ばれた。

五

帯広に帰った幸恵は早速ＤＮＡ鑑定に取り組んだ。乳牛の種類の識別で手慣れたものである。ぴったり合った。間違いなく自分のへその緒だった。どうしてそれがあそこにあったのか。

やっぱり私はあそこに居たのだ。

まちがいない。

父母から聞いた話とも辻褄が合う。

また休暇を貰わないといけない。

但し、分析の演習や機器の操作の実習がほとんどである。

しかし教授はそのことを責めなかった。

むしろこの頃の幸恵の表情の変わりように気付いていた。研究以外の何かに取りつかれている。男か？　いやそれとも思想的なものか宗教かを心配した。時々休暇を取るその理由も尋ねた。

教授は父より五歳ほど年長で思慮深い人間であった。

幸恵は第二の父親だと思っている。既に定年を過ぎていたが先任教授としてまだ大学に残っている。給料は減ったとは言っていたが相変わらず幸恵の上司である。

隠していても結局は分かる。

教授にはすべてを話した。その方が気が楽だった。

「そうだったのか。……いままで全然知らなかったのかい」

「ええ」

「ショックだったろうね」

「はい。でも本当の親のことは何も分からないのです。今の親も何も知らないようなのでそこが気になります。本当に知らないのかそれとも知っていながら隠しているのか。でも今の親以外には親は考えられません」

「そりゃそうだ。それで君は大丈夫か。いや御両親も大丈夫か？」

「ええ大丈夫です。しかし私は本当のことをどうしても知りたくなったんです。自分が何者なのか。これは私にとってはとてもとても大きな不安なんです」

さすがにそれ以上は言わなかったが自分のなかではどうしようもない疑惑と不安が沸き起こっている。日々その思いが募ってくる。

普通の人には明確な血縁関係が分かっている。ルーツが分かっているというのは当たり前とはいえよく考えると素晴らしいことだ。

そう言えば自分には親しい親戚がいるのかどうかすら今まで考えてこなかった。小さい頃から父に従って転校してきたしこれが普通だと思っていた。父親と母親の両親すなわち双方の祖父母には小さい頃に会った記憶があるがその後行き来していない。

母方の叔母にはやはり小さい頃に会っている。がその時の叔母の目つきにはなにか物珍しいものを見るようなどこか冷たいものがあったことを子供心にも感じていた。

父母が親戚付き合いを避けていたようにも感じる。たまに親戚での法事があってもそれが済めばさっさと帰りたがる。

今になってそのことに気付く。

叔母は事情を知っていたのであろうか。

果して自分は犯罪者の子供だったのだろうか？　生まれてきて困るような存在だったのか？　なぜ預けられたのか？

まさか不義の子ではないだろうか？

もしそうだと分かったらどうすればよいのか？　自分にもそのような血が流れているのだろうか？

最近では実の子であっても幼い子供を虐待したり放置するケースもある。

これまではそのような情報を聞いても何も感じなかったが、しかしいざ自分がこのようになってみると出生と言うものがこんなに重いことだとは思わなかった。


教授も自分もより優れた乳牛を求めて人工交配を行っている。それが研究テーマだ。

生まれてくる子牛は新しいＤＮＡの因子を持っている。その特性を研究する。肉質や出る乳の量はもちろん身体の大きさや病気に対する耐性も重要な研究課題である。特に後者は最近とみに重要視されている。


子牛は大切に育てられるがそれは研究のためである。愛情のためではない。

もっとも育てているうちに愛情は湧いてくるし子牛もなついてくるが。

それでいいではないかという考え方もあるだろう。動物であればそれでよいかもしれない。

しかし困ったことに人間には動物にない優れた頭脳というものがある。いろんなことが想像できる。時間の概念もある。現在だけでなく遠い昔のことや未来も考えることができる。

空間の拡がりも認識できる。

今この場所だけでなく行ったこともない遠い場所も想像できる。

この能力ゆえに様々な悩みが生まれる。

それゆえかどうかは知らないが一部の仏教ではその執着を離れて「今、この場を精一杯生きろ」という教えを説いている。

それができれば悩みは無くなるかもしれないがそんなに簡単にできるものではない。


我々は遺伝子操作まではしていないが自分たちがやっている人工交配は無理に人間が作っているものだ。これは神の意志に反することではないのか。

牛は何も知らない。

子供ができるということは精子と卵子が結びつくだけの話だ。そんなことは分かっている。

しかし人間の場合は瞬間的な場合もあるかもしれないがその行為にはお互いの愛情が伴っている。

果して自分の誕生にはそのような愛情があったのであろうか。愛情も伴わずにただ単に生まれてきただけだろうか。預けられたのはそんな軽い存在だったからか？

その理由が知りたい。

いや、やっぱり親の愛が薄かったのか？


堂々巡りの思考だった。

アパートの二重窓の外が明るくなってきた。

気がつけば夜は明けかかっている。

夜明けの雪景色は街燈の明かりでピンク色に染まりきれいだ。


幸恵は再び休暇を取った。市役所に行くかもしれないので月曜日に出発した。火曜日と木曜日に授業を持っているのでそこに穴をあけることになるがその分は補講としてほかの日に振り替えることにした。

教授はもう何も言わなかった。

もう一度杉本を誘った。いやついてきてほしかったのである。

自分に自信がなかった。彼がいなければ取り乱してしまうかもしれない。


次は柵原町を探し求める番だ。


最初この文字が読めなかった。調べてはじめて岡山県の山間部にある鉱山の町だということが分かった。これでヤナハラと読む。

かつては国内の硫化鉄鉱の一大産地で埋蔵量も三千七百万トンを優に超え平成三年（一九九一年）まで操業していたとう。

硫化鉄鉱は硫酸や硫安に必要な硫黄の原料としてまた鉄の原料として重宝されていたが海外からの

安い原料が入ってくるにつれて押されて衰退していった。

現在はさびれているが最盛期には鉱石を運搬するためにそこから三十キロも離れた岡山の南にある備前片上港まで鉄道が走っていたという。

三年前に廃線となり今は線路跡しか残っていない。


まずそこへ行こう。


鉱山の町として栄えていた頃は繁華街や映画館まであったという。病院もあったが現在は南の方に移っている。しかしいまは火の消えたようになっている。

柵原町は町おこしの一環として坑道跡を時折開放して観光客を呼んでいる。しかし交通は不便なままだ。鉄道が通っていないのでバスしかない。

マイカーがなければ住民には不便この上ない土地だ。

ＪＲの津山駅から行くか岡山駅から行くかその他にもＪＲの亀甲《かめのこう》駅からかいくつかのバス路線はあるがいずれも本数は少ないし時間もかかる。またいずれも直接柵原の中心部までは行かない。歩くには距離がありすぎるし流しのタクシーも通っていない。

いろいろと訪ね歩くことも考えられるので岡山駅からレンタカーを借りた。

岡山駅から一旦東に向かい和気《わけ》町というところから吉井川に沿って北上する。

この川は岡山県の三大河川の一つでこの付近では既に川幅が広くなっている。中流域の吉ケ原《きちがはら》と言うところには廃止された客車や機関車が保存されておりここから北の方が柵原鉱山があったところである。

その中心部の山側に岡山県の柵原町役場がある。

そこでかつて助産婦をしていた高倉幸子という人を探しているのだといった。

住民課の人は尋ねた。

「住所は分かりますか？」

「いえその住所が知りたいんです」

「職業だけしか分からないんであれば電話帳から調べるしかありませんね」

まずは柵原町の電話帳で調べた。その名前は無かった。助産婦という項目すら載っていなかった。

「廃業されたんでしょうね」役場の人間は気の毒そうな顔をして言った。

「住民票や戸籍は電子記録されているんでしょう？　それならすぐに検索できないんですか？」幸恵は仕事上パソコンを使う。コンピューターに入力されているのなら簡単ではないかと言った。

「その通りですがお宅様はその方とどういうご関係でしょうか？」

「二十五年ほど前にお世話になった者です」

「それだけでは残念ながら住民票などは出せません。戸籍でも住民票でも本人の委任状が必要です」

「本人がどこにいるのか分からないから探しているんです。戸籍抄本も住民票もそんなものは要りません。ただお住まいの場所を教えていただきたいだけなんです」

「残念ですがそれはできません。ご存じのように個人情報に属することなんで」

「住民基本台帳を見るだけでしょう？　そこに記載されている住所を教えてもらうだけなんですがね」


杉本は住基法のことは知っていたので脇から口をはさんだ。

「それもだめなんです。ご本人の承諾がなければ法律違反になってしまいます」


わざわざ北海道からやって来たのだ。なんとか糸口を見つけたい。大げさなことを言う役人だなと思った杉本は傍らの「戸籍謄抄本交付申請書」を見て言った。

「ここには窓口にこられたあなたという欄とどなたの証明が必要ですかという欄がありますよね。その中に必要な人から見て貴方はとあってその関係を書く欄があります。そのどこにも本人の承諾印を押すところがないじゃないですか。必要な人から見て貴方はの欄に本人の子供だとか書きさえすれば交付してもらえるということですよね」

「その部分だけを見るとその通りですが例えば子であれば長男とか次女だとかを書いていただかないといけません。そうすると戸籍謄本で調べて事実かどうかを確認するわけです。本人の場合は運転免許証や保険証で確認します」

「しつこいようですがこんな委任状に押す印鑑などどこにでも手に入るものでいいように思うのですが」


たしかにそうだ。委任状に押す印鑑など安物の印で十分代用できる。その委任状さえあれば戸籍抄本でも住民票でも手に入れることはできるではないかと食い下がった。勿論そんなことはしないが。

「そのようなことをすれば私文書偽造罪になりますよ」

さすがにその言葉を聞いて杉本は黙った。

役人は訊いた。「どなたか知り合いか親戚の方はおられないのですか?」

そんな人がいるならとっくに訊いている。

「普通はそういう人がおられれば訊けるんですが」

「柵原町とその人の名前しか分からないんです」

幸恵はなおも、

「警察に行っても同じでしょうか?」

「確かに警察の捜査権限で調べることはできますがあくまでも犯罪に絡んだ場合のことでないとやってくれませんよ。単なる人探しでは動いてくれません。弁護士や司法書士なら方法はあるかもしれませんが多分それも委任状が必要でしょう。しかも調べるとしても結局ここにくるしかないんですよ。戸籍や住民票はここにしかありませんからね」

「警察なら何から調べるのでしょうか」

まずは住民基本台帳で調べるようだ。

「戸籍ではないんですか?」

「どちらでもよいのですが戸籍の場合、もとの戸籍をここに移していない場合があります。そうなるとここでは戸籍が記載されてない可能性があります」

「どういうことですか」

「例えば兵庫県出身の方が元の戸籍をそのままにして住居だけをここに移されている場合などですね」

「そんなことはできるのですか」

「それは別に構わないんですよ。転入届けだけは必ずやらないといけませんけどね。法律違反になりますから」

だから住民票から調べるのだとも言った。

「住民票には戸籍も載っているのですよ。転入届を出す時には前の住所からの転出届の写しが必要となります。そこに戸籍が記載されています。したがって住民基本台帳には必ずそれが記載されていますから」

「でもいつも貰う住民票には戸籍なんか書いてありませんよ」

杉本は大学に入学するときに取り寄せたので憶えている。

「それは請求されないからです。例えばこの住民票の交付申請書の所に記載する事項についてレ点を入れるようになっているでしょう。本籍筆頭者というところにレ点がなければ交付される住民票に記載されないだけなんですよ」

住民票の交付には戸籍があったりなかったりするが役所が保有する台帳すなわち住民基本台帳にはちゃんと戸籍は載っているのだと強調した。

「ああそうだ。いつの話でしたかね?」

二十数年前だと言うと、

「その方はおいくつくらいですか？」

「よく分からないんですが七十はすぎているのではないかと」と推定で言った。

「住所が柵原というだけで年齢も曖昧となると難しいですね。御存命なんでしょうね？」

「さあそれも分かりません」

役人はどうしようもないといった顔をしていた。

「お亡くなりになっているなら住民票は除票と言って別の書類に書き換えられます。また別の所に転出された場合も同じです。それも五年間を過ぎるとその書類は廃棄処分なんです」

「戸籍であれば残っているんではありませんか？」

「そうです。こちらの方に戸籍を移されていたのなら残っています。移されていたのならね。これなら八十年から百年ほどは保存されています。しかし戸籍を移されていなかったとしたらその元の戸籍地が分からない限りつきとめようがありません。ただし転出された先の住民票には元の戸籍は転記されているので残っている筈です」

生きているかどうかは分からない。どこに転出しているかどうかも分からない。それでは調べようがないではないかと言われた。

「こんなところでと言うと失礼かもしれませんがここで助産婦をされていたというのは昔からの住民ではないでしょうか？」

役所の人はまあ確かにここは田舎だがと苦笑いを浮かべながら、

「なんとも言えませんね。元の戸籍が由緒ある戸籍なら移されていない場合も結構多いのですよ。まただ単に手続きが面倒だと言う方もおられますがね。ただ住民票や戸籍を調べると言っても減ったとはいえこの柵原だけでも六千人ちかい人がいますからすぐには分からないですよ。ただし委任状は必要ですよ」

「どれくらい時間がかかるのですか？」

「一日三百人近くを調べるとしても少なくとも一か月は必要ですね」

幸恵はもう少し休暇を伸ばすことはできるが一か月は待てない。杉本もそうはいかなかった。後期の試験が近づいていた。

「どちらから来られたのですか」

「北海道です」

「ここまでですか？」

「ええ」

役人は気の毒に思ったのか「上司にも相談して調べてみますが果してその調査の理由が理解してもらえるかどうか」

後ろの方で聞いていた初老の男が「安井さんなら知っているんじゃないか？　彼に訊いた方がはやいよ」と言ってくれた。

「どこにいらっしゃるんですか」幸恵は必死だった。

「以前は柵原町役場におられたんですがね。辞められて今は柵原病院で医療事務などをやっているんじゃないかな」男は近寄ってきて言った。

「それはどこでしょうか」

「ここから川沿いに南の方に行ったところにありますよ」

その男は簡単な地図を書いてくれた。

礼を言うや否や二人は急いで病院まで向かった。


病院の受付の奥から出てきた安井という男は親切に対応してくれた。

「昔あった産婆さんですかね。今はそんな稼業をやっているところはありませんよ」

「今から二十五年ほど前なんですが」

安井は天井を見上げながら、

「そうですか。三十年ほど前には柵原にも活気があってね。鉱山と反対側の丘の斜面に鉱山会社の社宅が立ち並んでいたからその中にあったのかもしれませんね。私には憶えがありませんが」

「その産婆さんに世話になった女性とその子供の消息を調べています。もしこの地で生まれたのなら出生届はここで出されるんでしょ？」

「いや必ずしも皆さんはそうはされていません」

「ここで出生届を出さないというのはどんな場合ですか」

「父親や母親の生まれ故郷で出したり……言いにくいですが……ここで出産を表沙汰にしたくない場

合などです」

「不義の子だとかですか」

「エーまあそれもあります」

安井は永年の役人の習性なのか用心深くはっきりしたことは言わなかった。

幸恵は自分から言い出しておきながら不義の子という言葉に強いこだわりをもった。


「今はまだやっているかどうかは分かりませんが町役場の奥の方に商人宿があった筈です。ここの女将さんは古いことをよく知っていますよ」と言ってくれた。

二人は再び役場の方に引き返しその宿を訪ねた。

この宿も営業したりしなかったりと気儘である。実際には気儘ではなくこんな場所に泊まる人などいないからである。しかも今日はウイークデイである。

やっていない可能性が高い。

ここよりも吉井川を北上し津山まで行くと温泉や旅館は勿論、津山城址などの観光資源も揃っている。

この柵原にはたいした観光地があるわけでもない。卵かけごはんや棚田の風景とかもあるがここだけのものではないしそれだけでは観光の目玉にはならない。

時折鉄道マニアが来て動態保存されている昔の片上鉄道のディーゼル機関車や鉱山記念公園を見る程度である。しかもほとんどは日帰りである。

そのほかには坑内の一部が開放されて内部でワインや日本酒の熟成や黄色のニラを栽培しているのが見られるくらいである。

件の宿は珍しく営業していた。もう遅いので今日はここで泊めてもらうことにした。お風呂とトイレは共同で使う。二階の八畳の和室に通された。建物はかなり古い。

「まあよくおいでいただきました。何もありませんがどうぞゆっくりとして行ってください」

六十過ぎと思われる女将がお茶と煎餅を持ってやって来た。夕食は一階の食堂で摂る。

夕食に出てきたのは黄色のニラの入ったすき焼きと魚の刺身である。今はこんな田舎でも刺身が手に入る。日本海の魚が津山経由で来る。

食堂に居たのは杉本と幸恵だけだった。

「どこから来られたんですか」

「北海道です」

「えーっ。随分また遠い所から」

「女将さんにお訊きしたいことがあって来ました。役場で聞きました。女将さんが古いことを知っていると伺ったのですが」

女将は難しいことを訊かれると思ったのか用心しているような雰囲気だった。

「昔この付近で産婆さんをやっていた人を探しています。御存じなら教えてほしいんです」

「産婆さん？　お名前は？」

「高倉幸子さんと言うんですが」

「高倉さん？　何年くらい前ですか？」

「私がお聞きしたいのは二十五年ほど前ですが」

「さあ私はよく知りませんが一寸待ってくださいね」

女将は奥の方に行き手伝っている人に何かを確認しているようだった。

「いらっしゃったようですね。私は知りませんが娘は名前だけは知っていると言ってました」

幸恵はほっとした。

確認しに行っていた相手は娘さんのようだった。丘の方にある社宅のはずれにあったようだという。しかし随分前に閉めている。

翌朝二人は地図に書いてもらったところを訪れた。すぐ近くであった。社宅はセメント瓦の屋根の安っぽい平屋の建物で二十棟ほど並んでいる。二戸一《にこいち》の長屋だ。ところどころ空き家もある。周りを歩いている人はいない。中ほどに火の見櫓があるが錆びていて使われているようには見えない。過疎の集落だ。


その一番北のはずれに目的の家はあった。

ここだけは一軒家である。表札も高倉となっている。

ここだ。

やっと辿り着いた。

幸恵は深呼吸をした。

チャイムを押すが誰も出てこない。

格子状の引き戸を開けようとするが鍵がかかっているのか開かない。

「ごめんください」と呼びかけたが何の返事もない。季節は冬だ。外で待つのは辛かった。その後何度か呼びかけたが応答がない。

「どちら様ですか」後ろから声がした。

びっくりして振り向くと一人の中年の女性が立っている。

「あのうこちらはお留守ですか」

「ここは空き家ですよ。ときどき娘さんが掃除に来るくらいですよ」

「いつからですか？」

「お宅様は？」

「失礼しました。中村と言います。北海道から来ました。二十年ほど前のことをお伺いしようと思って来ました」

「うーんそれは残念ですね。十年程前に引越されてますよ」

せっかくきたのに。話を訊くと十年ほど前に岡山の方の老人ホームに入ったという。

「連絡先は分かるでしょうか」

「ええ」

娘さんは岡山市内に住んでいるようで時折そこに見舞いに行っていると言う。

「二十五年前と言うともう産婆さんは辞められていましたよ。そろそろ町民も減り始めていましたし妊婦の多くは設備の整った津山の方の病院に行っていましたからね。もっと前にやめられていたかもいたかもしれません」

「二十五年ほど前に高倉さんにお世話になった人がいるんです。その時の様子を知りたいんです」

「それならその娘さんに訊くしかありませんね。でもどこまで分かりますかね。本人はもう大分ボケが進んでいるようですよ」

娘さんという人の電話番号と住所を聞いてその場で電話をかけた。

二回ほどかけたが通じなかった。

またまたカラ振りである。こうなったら出向くしかない。レンタカーで来ているのでそのまま岡山駅に向かった。教えてもらった住所まで車を走らせた。

「大丈夫。きっと会えるよ」杉本は沈んでいる幸恵を励ました。

その家は岡山市内の東のはずれにあった。

住宅街の中のこじんまりした一軒家である。

石原という表札がかかっている。教えてもらった通りである。間違いない。

しかしここも留守だった。

一時間ほど待ったであろうか。あたりは暗くなった。


中学生くらいの男の子が自転車で帰ってきた。

「お母さんは何時頃帰ってくるの？」

男の子は怪訝な顔で答えた。

「もうすぐ帰ってくるよ。お姉さんは誰？」

言葉どおりまもなく軽自動車が来た。

女は徳子と言い四十すぎのような感じだった。幸恵は手短に用件を話した。

徳子はこの前の日曜に行ってきたばかりであると言う。

自分はパートで働いており土日しか行けないし家事もある。また幸恵に対する大きな義理もない。

急に出てきて言われても協力する筋合いはない。

「そう何度も行けませんし。第一本人はもうかなりボケていますので思い出すかどうか分かりませんよ」

幸恵は北海道から来ているとも言ったが夜も遅いし今から行ってもどうしようもないと言われた。

「パートで働いてますので急に休むこともできませんし二週間ほどあとの土日にしてください」

高圧的な言い方だった。ここまで来たんだが待つしかない。改めて出直すことにした。

杉本も、
「焦ることはない。きっといい結果が待っているよ」と言ってくれた。

六

再び岡山に出かけるのは三月の初旬になってからであった。大学後期の予定もほぼ終わり杉本の試験も終わったのである。

それまで二度ほど徳子に手紙を出した。結局自分が高倉助産婦に取り上げられたかどうかを確認したいのだと言うことを正直に言うしかなかった。またそれを確認するには徳子の協力が不可欠だと強く訴えた。

徳子も仕方がないと思うようになった。しかし徳子は徳子で一抹の不安を抱えていた。

幸恵の言う年には母の幸子は助産婦を辞めていたからである。辞めた後でも二度か三度ほど仕事をしているのを知っている。堕胎手術である。闇であったかどうかは知らないが少なくとも大っぴらではなかったろう。

母の古傷を暴くのが怖かった。救いは現在痴呆が進んでいることである。しかしそれでは幸恵が望んでいる真実を知ることにはならない。

そんな気持ちを持ちながらも徳子は岡山駅で幸恵らと待ち合わせをした。

今回は余裕をみて土曜日とした。今度も杉本についてきてもらった。

徳子は、

「このことは公にされるのではないでしょうね」と念を押した。

「ええ勿論です。私のルーツを知りたいだけなんです。秘密は必ず守ります」

「最近痴呆が進んでいるみたいなので貴方が期待しているような結果になるかどうか分かりませんよ」

「覚悟しています」


二人は徳子が乗ってきた軽自動車に乗って十キロほど南東の牛窓《うしまど》町の山の手にある老人ホームに向かった。

ホームの南面の丘陵地帯にオリーブの木が拡がっている。

瀬戸内の海が見える。日本のエーゲ海とも呼ばれている温暖な地方だ。

ここは有料の老人ホームである。

幸子は杖をついて出てきた。案外小柄である。

「お母さん。この方はね、お母さんを訪ねてこられたの」

幸子はとろんとした目で幸恵を見ていた。

「お母さんが取り上げたんではないかと」

「私は柵原でおばさんにお世話になったんです。助産婦高倉幸子の名前の入ったへその緒の木箱がありました」幸恵は幸子のどんな表情も見逃すまいとして言った。

「柵原かね」幸子は幸恵に向かってじっと見ながらそう言った。徳子は言う。

「今日は調子がいいみたい。時々何を言っても通じないときがあるんです」

「あんたの名前は？」

「母親の名前は分からないんです」

「お母さん。お母さんが産婆さんを辞めてからだと思うの」

「それじゃ知らないよ」

「でもやってたでしょ」

「ヤミでやってませんでした？」幸恵は性急に質問した。その言葉は刺戟が強すぎたようだ。

「もうその辺にしてください」徳子は幸恵を制止した。

「前にも強く迫ってその結果症状がひどくなったことがあるんです。ヤミという言葉はタブーです」


実際幸子はそれ以来黙り込んだ。しかし幸恵には幸子がその言葉の意味を理解しているように思えた。

ヤミでやっていた堕胎のことを思い出したのかもしれない。罪の意識はあったのであろう。そのことを忘れたかったのかもしれない。

急に大声で、

「なんまんだぶ。なんまんだぶ」と手をあわせて言い始めた。
「今日はここまでです」徳子は言った。
幸恵は残念だった。でも仕方がなかった。

これ以上追及して徳子に恨まれても困る。
やはりヤミでやっていたのだろう。
社会には色々な暗い側面がある。
法に触れるかもしれないが困っている人を助ける人がいてそれでよいのかもしれない。

七

これ以上幸子を追及して何になるだろう。相手は耄碌した老人である。彼女の苦しみを思い出させて何になるだろう。恐らくいい加減な記憶しか引き出せないだろう。それも真実を語るかどうかすら分からない。

自分が彼女に取り上げてもらったのはほぼまちがいない。へその緒がそれを物語っている。それでよいではないか。

杉本も同じことを言ってくれた。

実際に高倉幸子はいたのだ。実の母の出産を手伝ったのだ。だから自分も今ここに居るのだ。これは事実なのだ。

幸恵は帯広に戻ってから自分にそう言い聞かせた。徳子には丁寧な礼状を出した。

幸恵は大学のすぐ南にある広大な付属農場に出た。大学生が屈託のない表情で牛の世話をしている。彼らにも大なり小なり何らかの悩みはあるだろう。恋愛か就職か自分の思いどおりにならないもどかしさか将来への不安か。

しかしどこか自分の悩みと違うような気がする。一体どこが違うのか。

彼等の悩みはこれからのことだ。自分の努力で何とかできる。しかし幸恵の悩みは自分ではどうしようもない過去のことだ。

いったいどういう親から生まれたのか。

幸恵はまたもや堂々巡りの悩みにぶち当たった。鈍痛のように胸に響く。やはりこの思いから抜け出せない。

自然交配の場合は春に牛馬の出産が多いが人工交配の場合も様々な理由で春に出産するようにすることが多い。幸恵はたまにその出産に立ち会う。牛舎の中で母牛を柱に繋ぎながらもできるだけ自然出産できるように配慮する。しかし分娩が始まって時間がかかりすぎるときはスタッフが手伝う。綱で繋がれた母牛は苦しそうに喘いでいる。

一人が母牛の尻尾を引っ張りもう一人が身体の外に出始めた子牛の身体を引きずりだす。子牛が窒息しないように早くしなければならない。

薄い羊膜に包まれて子牛は敷き詰めた藁の上にドサッと落ちる。出産のシーンは感動的である。子牛は温いお湯で洗われ直ちに体重や身長の計測をされる。

続いて採血もされる。

母牛は綱から解放されると子牛の身体を丁寧に舐める。スタッフは予め用意していた乳を飲ませる。

子牛は一時間もせずによろよろと立ちあがる。

自然は逞しい。


人間は人の助けがないとなにもできない。

母はどうしていたであろう。ひと月近くは乳を与えていたであろう。一人でだろうか？

それをどうして？

それを思うと悲しかった。


柵原町の役場から手紙が届いた。

随分時間がかかっている。よく言えばじっくりと調べたのであろうが意地悪く考えると熱心になっていなかったのかもしれない。

しかしようやく上司の理解がえられたのであろう。

やはり柵原には戸籍は移していなかったとあった。住民票は既に処分されているし元の戸籍がどこにあったか分からない限り柵原ではどうしようもないと記されていた。ただし転居した先には戸籍も記載されていると書いてあった。その転居先が分からなかったのである。

役場の人には手間を掛けたがもうすでに高倉幸子本人の居場所まで突き止めた。会って話もした。役所では時間がかかったがそれほど探す資料が多かったのか。上司の理解を得るように努力してくれたことは分かった。もう少し柔軟に対応してくれていたらこんなに時間はかからなかったのにとも思った。それが役所なのだろう。

それでも一応礼状は出した。

それと前後するように封書が届いた。

差出人は吉田慎治とある。エンジェルホームの院長の息子だ。幸恵は読むうちに興奮で咽喉が渇いてきた。

新しい手がかりだ。慎治の手紙には『母親の遺品整理をしなければならないと思っていたが永年そのままにしてきた。今回貴方が訪ねたのを機に何か思い当たるものはないかと探したが関連がありそうなものを見つけた。

何かの参考になるかもしれないと思って送ります。関係が無さそうなら処分してもらって結構です』と書いてあった。

黄色く変色した用紙に鉛筆で書いた一枚きりのものである。

用紙は薄い緑色の罫線が入っているもので下には柵原鉱山とある。会社のフールスカップである。

それには、

『お願いします。この子を預かってください。父親になる人とはもうすぐ結婚する予定でした。しかし事故で三か月前に亡くなりました。私は肺がんで治る見込みは無いと言われています。近くに頼る親戚もありません。

何度もこの子と死のうと思いましたができませんでした。この子の寝顔を見ていると別れるのはとても辛いですがこうするしかありませんでした。勝手なお願いですがきっと良い里親に引き合わせてください。まだ出生届けも出していません。名前は私が美千代とつけました。

美千代ちゃん。こんな母を許してください。

ほんとうにごめんなさい。かならず幸せに育ってください。

私は一生この重荷を背負って生きていきます』

幸恵は読み進むうちにふるえが出てきた。


やっと突き止めた。これだ。

吉田栄子が養父母に語った内容とも一致する。自分の名前は美千代だったのだ。

この手紙の内容が真実だとすると自分は犯罪者の子でも不義の子でもなんでもなかったのだ。

柵原の助産婦に秘かに援けられて我が子を産みひと月ほど逡巡したあげく東岡山の乳児院に辿り着いたのだろう。


実の母は吉田栄子に会ったのであろうか。

会って自分を託したのであろうか。それとも黙って置き去りにしたのであろうか。幸恵が生まれたという三月は温暖な気候である瀬戸内地方でもまだ寒い。山間部にある柵原ではもっと寒かったであろう。

エンジェルホームでは過去にいくつかの里親を見つけて里子に出しているが色々と難しい問題も起きている。

一番の問題は戸籍だ。里子の場合実の親は必ず記載しなければならない。これはある意味当然である。実の親が分からなければ社会は混乱する。しかし実の親が存在するということは別の意味で問題も引き起こす。

この時吉田栄子はこれくらいの赤子であれば中村夫妻の実の子としてもよいではないかと考えたのではないだろうか。

自分一人がその秘密を守ればよいことだ。

自分の息子にさえ言わなかった以上今となってはそれを確認することもできない。幸恵はそれ以上の真実を暴くのも怖かった。

ただ関心事は生みの親がどうしているかである。しかしそれを調べる術は無いしもう追及する気もなかった。

幸恵は実の母の悲しい運命を思った。
可哀そうにと思う。
自分は今幸せに暮らしている。
母も元気でいてほしい。どこかできっと幸せに暮らしているだろうと思うことにした。
何度も自分にそう言い聞かせた。
吉田慎治には丁寧な礼状を出した。

八

幸恵が実子として中村夫妻に引き取られたのは一九七一年（昭和四十六年）である。この年に生まれているのははっきりしているが月は三月頃と言うだけで明確ではない。

この二年後の一九七三年（昭和四十八年）には宮城県石巻市の産婦人科医菊田昇による赤ちゃん斡旋事件が起きている。

これは彼が時折行っている人工中絶に疑問を感じ望まぬ妊娠により生まれた子を養親に実子として斡旋した事件であった。

しかも新聞で養父母を募集しその数は百人以上と多かった。

勿論逮捕されたが直接の罪は新生児の出生届の偽造である。

当時はそのことの是非について社会的に大きな議論を呼んだ。出生届の偽造を責める声よりも子供を助けたことを称賛する意見の方が圧倒的に多かった。世論に推されて政府も動き出さざるを得なくなった。

十四年後の一九八七年（昭和六十二年）になりようやく民法の改正により特別養子縁組制度が生まれた。

これは普通の養子縁組が養親と養子（親権者を含む）との合意により成立するのに対し特別養子縁組制度は間に立った家庭裁判所の裁定により成立する点が違っている。

またさらに戸籍には実子として記載され実の親との親族関係は終了するなどの点で大きな違いがある。

したがってこの法律ができる前の幸恵のような場合は明らかに法律違反であった。だから吉田栄子は当事者以外には誰にも言わず秘密裏に進めたのであろう。それ以外にも普通の養子の場合、養父母の死去に伴う財産分与の問題も経験していたからである。

この制度による特別養子縁組の成立件数は全国で永らく年間三百件程度であったが近年は五百件を超えている。ただしその陰に隠れている数は分からない。

養親の経済状況、年齢制限や六か月以上の試行期間が必要とされるなど多くの細かな制約が多いがこの制度により救われる乳幼児も増えている。

ただし成長するにつれての真実告知や血液型の違いなどの問題も出てくる。

また法律で決めるには限界がある点などまだまだ整備するべき課題もある。

ヘタをすると近親婚の発生の恐れもあるからである。同じ親から生まれたのに一人は特別養子縁組で他家へ行ったのに対し、もう一人があとで生まれて実の親の許に居たという場合である。そのようなことを知らずに結婚してしまう可能性は否定できない。

この制度ができる二年前に始まった愛知方式と言うやり方では子供への真実の告知が義務付けられている。

これは養父母にとっても養子にとっても非常に重い課題である。

養子が事実を知った時受ける衝撃を考えると真実の告知はなによりも切ない行為である。養子だけではない。養父母も胸の内に秘密を抱いたまま生きていくのか正直に事実を話してその苦しみから逃れるのか悩み続ける筈である。

一律に法で定めるのがよいのかどうかは分からない。様々な事情が存在する。

もちろん家庭裁判所はその事実を知っており里親も実の親も知っているがしかし子供は真実の告知がなければ知らないままである。

滅多にないが近親婚を防止する適切な方策はない。

難しい問題である。

普通の養子制度でも里親制度では実の親の名前は分かるから大人に近づくにつれて何かの拍子で子供がそれを知る場合もある。

思春期の場合それが原因で子供が離れていったりグレたりすることは吉田栄子は何度か経験していた。だからこそ実子として育ててほしいと言ったのかもしれない。既に故人であるから確認のしようもないが恐らくそうであったに違いない。

しかし真に子供のためを思ってした行動である。責めることはできない。むしろその勇気を称えるべきなのかもしれない。

当時の法律制度では救えなかったのだ。

幸恵は勿論このような制度があるとは知らなかったがいまさらながら吉田栄子や高倉幸子のような存在があって初めて自分が今ここに居るのだと思った。彼女等は法律の壁に果敢に挑んで行ったのだ。

これらの行動がなければ自分は生まれていなかったのだ。いや生きていなかったのだ。

感謝である。ほんとうにそう思う。

自分を産んでくれた実の母親の存在すら感謝した。もちろん養父母は何といっても一番の感謝の対象である。

幸恵はそれほど宗教に帰依しているわけではない。神も仏もその違いがよく分からない平均的な日本人である。

それでも世の中には人間の力の及ばないはるかに大きなものが存在することは分かっている。それが神仏なのかもしれない。運命とはそのようなものなのかもしれない。

生みの母は頼みの男に死なれて途方にくれていたであろう。悩みに悩んでひと月近く過した挙句岡山まで行き乳児院に託さざるを得なかったのだろう。

あの今は廃止された片上鉄道で行ったのだろうか。

どんな気持ちで乗っていたであろうか。

子供を手放すということはどんなにつらかったか。乳児院に託す直前まで逡巡に逡巡を重ねていた筈である。

それを思うと生みの母のすべてを許す気になった。

そこには彼女を憐れむことのできる自分があった。

九

新年度が始まる前の三月の末に幸恵は再び柵原を訪れた。杉本は卒論の実験の準備で忙しく今回は幸恵一人で出かけた。

自分がここで生まれたのはほぼ間違いない。ひと月近くここに居たのだ。ここは私の生まれ故郷なのだ。じっくり見ておきたい。どのようなところだったのか。その思いを押え切れず訪れた。

前はレンタカーで来たので遠いとは思わなかったがなるほど不便な所だ。岡山駅前から路線バスに乗った。

多いときでも二時間に一本しかない。事前に調べたがいくつかの路線バスのいずれを使っても不便である。よく分からないまま岡山駅から路線バスに乗った。吉井川と吉野川との合流地点に近い周匝《すさい》上と言うところで降りる。これですさいかみと読む。

由緒ある名前かもしれないがルビもふっていないし旅行者には分かりにくい。

ここから徒歩で四十分近くかかってたどり着いたのが鉱山資料館である。ここに来たのはこの中に鉱山最盛期の町並みも保存されていると聞いていたからである。当時の町を見てみたい。

中に入ると削岩機などの採掘道具や鉱石あるいはヘルメットを被り作業着を着た人形が配置されている。

鉱道の模型があり天井には電線と保護の網がついたランプがある。

その前に小さな電気機関車と鉱石を積む貨車が置かれている。どちらも大人の背の高さほどしかない。機関車の運転席は運転手一人がやっと座れる程度の広さで鉱夫が乗る車も四人乗りでかつ背をかがめないと乗れないくらい狭くて小さい。これが地上から地下までを往復していたのだ。

実の父はこんなところで働いていたのであろうか？

また事故とはなんだったのだろうか？　落盤事故かそれとも酸欠事故か。地下の採掘現場だ。いろんな事故が考えられる。

こんな山奥で彼等が日本の産業を支えていた一時期があったのだ。

もう一歩奥に行くとお目当ての当時の町並みが再現されている。実物大である。

八百屋、魚屋、文房具店や赤い色の筒状の郵便ポストもある。

実物大ではあるがどの店も間口は一間半から二間ほどで実際より狭いものである。

一応模型の商品は並べてあるが埃をかぶっている。アルミの傘の下に裸電球がぶら下がり当時の雰囲気を保っている。

ここにも買い物かごを提げた人形が立っている。実の母もこういうところで買い物をしていたのであろうか？

赤提灯が三つほどついた飲み屋の模型もある。ここにはマネキンはなかった。仕事を終えた鉱夫はここで疲れを癒したのかもしれない。ドアだけで中には入れないバーもあった。日曜日であるのに入館者は五人ほどしかいなかった。

外に出ると昔の吉ケ原の駅があり客車が一台とディーゼル機関車が停まっている。月に一度は動かしているようだ。駅は木造で屋根はおとぎ話に出てくる三角形のとんがり帽子のようでなかなかおしゃれである。駅のホームは映画に出てくるような感じである。改札口は昔のままである。時刻表や運賃を書いた板も掲げてある。

ここから多くの人が乗り降りし数々のドラマもあったのであろう。うれしいことも悲しいこともあったのかもしれない。

ここから十五分ほど北に歩いて昔の柵原の中心部に向かった。柵原病院から吉井川の右岸に渡りさらに三十分ほど歩く。

その中ほどに柵原町（現美咲町）の役場がある。

ここは昨年以来である。

昨年は周囲を見渡す余裕もなかったが今は違う。

吉井川を挟んでその向う側には鉱山の入り口であろうか今は使われていない高い櫓が残っている。

それを眺めながらかつての社宅が並んでいた付近や高倉幸子が住んでいたという付近を歩いた。


街の中を歩いている人はいない。

昔は繁栄したというが今のこの状況からはとても想像できない。

どのような生活があったのだろうか。

いまでは小学校も二校しか残っていないというが生徒数も減っているのだろう。既に廃校となったその他の二校はその跡を改装して宿泊施設に使っている。


ここは日本の地方都市の縮図だ。都会化されていない自然が残る美しい場所だ。

幸恵の住む帯広はここよりもっと都会だ。スーパーもコンビニも揃っている。第一大学も農業高校もある。

ここには高校すらないようだ。

しかしたった一か月も居なかったとはいえここは自分の生まれ故郷なのだ。いまははるか離れた北海道にいる。しかもそこで職を得ることまで考えている。

自分が年老いたときこの場所を思い出すことがあるだろうか。


今日は岡山の市内で泊まる予定だ。

岡山駅に向かうバスは途中まで昔の片上鉄道の路線跡に寄り添いながら走る。

実の母は自分を抱きしめながら張り裂けるような気持ちで岡山駅へ向かったのだろう。

その表情や様子を想像するだけで悲しい気持ちになる。


すでに暗くなり始めていた。

岡山駅の南のビジネスホテルに泊まった。


ここは杉本との一夜を過ごした思い出の場所だ。

多分二人は結婚し彼の子供を産むことになるだろう。もしそうなれば父母もきっと喜んでくれる筈だ。実の母にも喜んでほしい。私が幸せに生きていけることをそのことを知ってほしい。


そこからまた自分の新しい人生が始まる。

私はいま幸せだ。
実の母もきっとどこかで生きている。
そうあってほしい。
幸せであってほしい。

幸恵は柵原の方に向かってそっと手を合わせた。

完

あとがき

裁判の傍聴は簡単にできた。勉強のために三度ほど神戸地方裁判所の裁判に出たことがある。姫路支部にも出かけた。厳めしい建物の周りには多くの弁護士事務所や司法書士事務所があり出廷する人のためか小さな食堂や喫茶店もあった。こういう所で仕事をする人が集まって一つの村を作っているように思えたしこれもまた一つの産業地帯だ。全国の高裁、地裁およびその支部或いは隣接する検察庁も含めるといくつくらいになるのであろう。警備や事務の人も含めると実に多くの人が働いている。裁判所の中にはこれまた数多くの法廷がありそれぞれの法廷で別な裁判が行われている。これ以外に家庭裁判所もある。但し多くは同一の建物内にある。

裁判と言っても殺人や窃盗だけではない。借金の取り立て、悪質な交通事故や違反など世の中には実に多くの犯罪或いはもめごとがある。

私が見たのは窃盗の常習犯と違法薬物の所持等で起訴された被疑者であった。いずれも常習犯であった。傍聴席には数人しかいなかったのは目新しい事案ではないということだろう。

裁判は起訴事実の究明から始まる。その中ではどうしても被疑者の人生を炙り出さざるを得ないことがある。被疑者の背後にはさまざまな事情がある。

「裁判」に出てくる通り魔殺人事件は場所も月日も全く異なるが実際にあった話をもとにしている。理由もなく殺された人、或いはその遺族の無念さはいかばかりかということで裁判を見に行ったわけである。あとはフィクションである。

事件が起きれば捜査、逮捕、起訴、裁判そして服役と多くの人の手を経て一人の人間の人生が決まっていく。そこに間違いの無いように綿密な法体系が定まっている。

それはそれでよいのだが被害者の方への配慮は十分でないのではないのかというのがこの稿を書いた動機である。それへの対応は徐々にではあるが改善されている。しかし精神的なケアについてはあまり進んでいない。最近では死亡事故を引き起こすような危険な運転への厳罰化はなされつつあるが被害者への心の救済までには至っていない。一人の無謀な運転で愛する家族を失ったとき、その悲しみや恨みはどのようにすれば解消されるのであろうか。裁判制度だけの問題ではないのかもしれない。

「豆腐屋かく戦えり」は昔風の商店街への私なりの応援歌である。かつて私が住んでいた町でも商店街や市場が三つほどつぶれたのを見てきている。跡地はマンションになったり更地になったりひどいのは放置されて幽霊屋敷みたいになっているところもある。進出してきた大手のスーパーさえもじり貧になっている。少子高齢化で購買力が落ちているのか。そうだとすると今後どのように変化していくのか。改善していくことはないのかもしれない。この「豆腐屋……」では明るい未来が来るようにしているがすべての業種でそのようなことは多分期待薄であろう。栄枯盛衰は世の習いとはいえ当事者には切実な問題だ。個人商店というのはもはや時代遅れなのだろうか。

「畦道」は私の故郷である大阪の昔の門真に対するノスタルジーである。高度成長期前の水郷地帯の子供時代を想いながら入院生活を送っている老人の一日を書いたものである。畦道を通って家と小学校を往復するだけの子供時代であったが豊かな自然があった。それが徐々に田圃が埋め立てられ工場が建ち高速道路や地下鉄、モノレールが通るようになった。確かに清潔になり便利になった。そこに昔の面影を求めるのは身勝手なのか、ないものねだりなのか。

しかしそこには素晴らしい世界があったのだ。そこで少年時代を過ごした者の回想である。

「ルーツ」は特別養子縁組制度のことを紹介するために書いた。この世の中には望まぬ妊娠がある一方、子供ができずに悩む親も数多くいる。この間を取り持った乳児院の院長がいた。自分がどのような親から生まれたのかそれが分からないとどのような不安を感じるのかを書きたかった。

北海道の然別湖の傍の白雲山には五十年以上も前に登ったことがある。一方岡山の柵原は十年ほど前に行ったことがある。二つの町には何の繋がりもないがこのテーマに沿って物語を作った。従って登場人物はすべて架空である。乳児院もである。旧の小学校の跡を改造した宿にも泊まった。静かな川沿いの宿であった。木造の二階建ての校舎にところどころ残る昔の面影に感動した。片上鉄道も線路跡しか残っていなかった。短いトンネル跡の中に佇みそこで生まれたであろう数々のドラマを想像した。

この町もその昔は鉄鉱石で繁栄していた。九州や北海道では炭鉱の町が廃墟となっている。時の流れと言えばそれまでだがグローバル化の負の側面を見せつけられたような気がした。

町の北の方にある小さな山まで歩いた。中に鬱蒼と茂る杉木立に囲まれた長い石段がありそこを登りきると小さいが上山《じょうざん》神社というのがあった。誰にも会わなかったところをみると地元の人も行かないようなところだろう。全てが飲み込まれていくような静けさだった。

美しくかつ、豊かな自然がいつまでも残っていてほしいと思う。

令和二年八月八日

【著者紹介】

東 洵（あずま まこと）

大阪府門真市出身。昭和 18 年（1943 年）生まれ。
工業高校卒業後家電メーカーへ入社。
その後大学応用物理学科を経て製鐵メーカーへ入社。
定年退職後 73 歳で小説を書き始め現在に至る。

既刊

「空襲」文芸社
「水郷に生きて」ブイツウソリュウション
「ビアク島」ブイツウソリュウション
「春嶽と雪江 ―この身はこの君にいたすべきこと―」
郁朋社

小説《しょうせつ》 ルーツ

2020 年 9 月 20 日　第 1 刷発行

著　者 ― 東 洵《あずま まこと》

発行者 ― 佐藤 聡

発行所 ― 株式会社 郁朋社《いくほうしや》

〒 101-0061　東京都千代田区神田三崎町 2-20-4
電　話　03（3234）8923（代表）
F A X　03（3234）3948
振　替　00160-5-100328

印刷·製本 ― 日本ハイコム株式会社

落丁、乱丁本はお取り替え致します。

郁朋社ホームページアドレス　http://www.ikuhousha.com
この本に関するご意見・ご感想をメールでお寄せいただく際は、
comment@ikuhousha.com までお願い致します。

 ISBN978-4-87302-725-8 C0093